焰

李歐納 ・ 柯恩 著

前言：亞當 ・ 柯恩
編輯：羅伯特 ・ 法根、亞歷珊德拉 ・ 普列索亞諾

中譯：廖偉棠（詩）
　　　王天寬（歌詞及筆記）

you kick off
your sandals
you shake out your hair
it's torn where you're dancing
it's torn everywhere

it's torn
on the right
and it's torn
on the left
and it's torn
in the centre
which few
can accept

come gather the pieces
all scattered and lost
the lie in what's holy
the light in
what's not

Montreal

LEONARD
COHEN

THE·FLAME

POEMS · AND
SELECTIONS · FROM
NOTEBOOKS
Edited by Robert Faggen and Alexandra Pleshoyano

前言

　　這本書是我父親身為一個詩人最後的勞動。我很希望他能看著這本書完成——倒不是由於在他手中，這本書將會更好、更真實、更豐富或更有型；也不是由於這會比較像他的風格，或書的形式，會更符合他想呈現給讀者的樣子——因為，完成這本書，是最後這段時間裡他活著的目的，繼續呼吸的理由。在他編輯本書的困難時期，他會寄發「不要打擾」的電郵給我們這幾個少數會定期去看望他的人。他重新投入嚴格的冥想，幫他在體力日漸衰弱與多重壓迫性骨折所產生的尖銳疼痛時，還能專注於他的心靈上。他時常向我強調：在他豐沛而複雜的人生中，透過所有他採用的藝術和生活策略，他但求能更全然、堅定不移地確認，寫作是他唯一的慰藉，是最真實的目標。

　　我父親，在其他身分之前，首先是位詩人。他把這個職業視作——如他在筆記裡寫下的——「神（G－d）賦予的任務」（連字號表現出他對神的崇敬，即使以英文書寫，他也不願意寫出神的全名。這是一個古老的猶太習俗，而這也更加印證，他在他的自由中混進了虔誠）。「宗教、導師、女人、藥物、道路、名聲、金錢……沒一個能像塗黑一頁頁白紙的書寫那樣，致使我高潮或為我緩解痛苦。」這份以寫作為意向的宣言，也是一份悔恨的宣言：他提供了神性的文學，去解釋他自覺沒做好父親、沒處理好關係，以及對財務和健康的輕忽。這讓我想起他一首鮮為人知的歌曲（也是我最愛的歌曲之一）：「為美，我走了這麼遠，把許多東西拋諸身後。」但顯然，還走不夠遠；在他看來，還拋棄不夠多。而這本書，他當時就知道，將是他最後的奉獻。

　　小時候，每當我向我爸要錢去轉角商店買糖果，他常叫我去他西裝外套的口袋找看看有沒有零鈔或零錢。而我總是會在他的口袋裡摸到一本筆記本。當我稍大一點，問他有沒有打火機或火柴，我打開他的抽屜會看到一疊紙和筆記本。有一次，我問他有沒有龍舌蘭酒，我打開冰箱，發現裡面有一本結霜的筆記本。可

以這麼說，去認識我父親就是（在他諸多驚人事蹟之外）去認識一個隨身攜帶紙、筆記本，還有雞尾酒餐巾紙的男人。每張紙上都有他好認的手寫字，這些紙（整齊的）散落在每一處。它們取自旅館的床頭櫃，或 99 分錢商店；那些燙金的、皮革封面的、精緻的，或以其他形式看起來重要的，他從來不用。我父親偏愛簡陋的文字載體。到了九零年代初期，有好幾個塞滿一箱箱筆記本的儲藏櫃，這些筆記本等同於這個男人一生奉獻的，最能定義他的事。寫作，是他存在的理由。寫作是他隨時看顧著的火，是他點燃過最有意義的火焰。從未熄滅。

許多主題和字眼重複出現在我父親的作品裡：凍結、破碎、赤裸、火，與火焰。第一張專輯封底寫著「跟隨聖女貞德的火焰」（他把它放入之後的歌）。「誰焚於火？」在一首關於命運的歌裡，他惡作劇地戲仿猶太祈禱文，寫下了這個著名的問句。「我點燃一支小小的綠蠟燭要讓你嫉妒我。」這支蠟燭只是許多個點燃當中的第一個。有許多火和火焰，代替創造與毀滅、熱與光、慾望和實現，貫穿他的作品。他點燃火焰，辛勤地看顧它們。他研究並記下它們最終的結果。他興奮於它們的危險——他時常談到其他人的藝術不夠「危險」——讚揚「在火焰中生出的思想所具有的興奮」。

這對於火的全心關注持續到最後一刻。「你要它暗一點，我們滅掉那火焰。」他在他生前最後一張專輯，他的告別作，緩慢吟唱。他死於 2016 年 11 月 7 日。現在一切感覺更暗了，但火焰並沒有被熄滅。他用墨水燒黑的每一頁紙張，都是燃燒的靈魂不滅的證據。

——亞當・柯恩 2018 年 2 月

編者按

　　在生命最後幾個月，儘管他的身體嚴重受限於疾病，李歐納・柯恩還是為他的最後一本詩集該是什麼樣子，做出了一些選擇。羅伯特・法根教授和亞歷珊德拉・普列索亞諾，以及長年為李歐納出書的加拿大出版社都相信，《焰》的形式呈現反映李歐納的心意——本書是以柯恩編輯的手稿為基礎，也採用他前幾本書所選的文體風格作為指引的。羅伯特・法根在這企畫案一開始就和李歐納密切合作，而亞歷珊德拉・普列索亞諾則是在 2017 年 4 月加入協力完成編輯的工作。亞當・柯恩，李歐納的兒子，建議了書名。

　　李歐納為本書的組成提供了明確的指示，亦即：本書包含書寫作品以及大量的繪畫樣本與自畫像。他設想了三個部分。第一個部分是他仔細挑選出的六十三首詩，選自幾十年來累積的一大批未出版作品。李歐納以打磨一首詩作花上數年而聞名，有時候在出版前要花上數十年。他認定這六十三首詩為完成品。

　　第二部分包含的詩是後來變成他最後四張專輯的歌詞。李歐納的歌，所有的歌詞一開始都是詩，也因此它們比起大部分歌曲作家的歌詞更有資格被視作詩來欣賞。值得注意的是，李歐納先拿一些歌詞當作詩在《紐約客》發表，之後才發行有這些歌詞的專輯。像晚近的〈遵循你的路〉，以及先前的〈大街〉、〈幾乎像一首藍調〉和〈回家〉。安嘉妮・托馬斯的唱片《藍色警報》（Blue Alert，2006，李歐納製作），還有李歐納的《老想法》（2012）、《大眾問題》（2014）、《你要它暗一點》（2016）。我們遵循李歐納在詩歌選集《異鄉人音樂》（Stranger Music，1993）所採用的編排形式，也就是以呈現大量歌詞作為特色。細心的讀者會注意到出現在《焰》的這些詩與伴隨唱片發行的歌詞，有一些不同。

　　本書第三部分呈現的是李歐納的筆記選集，在筆記本上書寫是他從青少年時期到他生命最後一天，一直持續的日常行為。羅伯特・法根主導六十年來累積超過三千頁的筆記的謄寫。雖然

李歐納有參與篩選筆記內容編入《焰》，但他沒有給予明確的最終指示。這真是一個挑戰——假如不是不可能——去按照年份、時間先後進行編輯，因為李歐納時常會同一本筆記本用好幾年，以不同顏色的墨水表示不同的條目。李歐納用一種我們不了解的系統為他的筆記本編號，儘管如此，我們還是選擇遵循筆記的號碼順序，即使很明顯這些順序也常不是按照年代先後排列。這些筆記選輯包含多樣的詩節和詩行——李歐納曾一度稱它們為「殘片」——而熟悉李歐納作品的讀者會看到很多條目似乎是他的詩和歌詞的草稿。我們沒有試圖去排列出一個明確的故事去連結這些筆記，而是盡可能複製那些條目使之維持它們在筆記裡的樣貌，我們也沒有試圖更動標點符號或詩的分行。謄寫筆記條目時，我們遵循某些慣例，底下的符號被用來列出一些變異：（）表示該字或該句子被寫在詩句上方或下方；〔？〕表示該字或該句子無法辨識；*** 表示條目之間的分隔。

在這三部分之外，李歐納也希望公開阿斯圖里亞斯親王獎的得獎致詞，他 2011 年 10 月 21 日在西班牙受獎。我們另闢一區收進——承蒙李歐納的摯友兼同事彼得・史考特提供——李歐納最後幾封電郵往來，其中一封寫於他去世前不到二十四小時。

李歐納建議將他的一些自畫像及繪畫收錄其中，這是從《渴望之書》開始的慣例。既然李歐納沒有機會做這些挑選工作，便由亞歷珊德拉・普列索亞諾從他畫的 370 多幅自畫像中，選出將近 70 幅，再加上從他的美術作品中選出的 24 幅畫作。李歐納也同意我們可以複製一些筆記原稿來展示筆記原貌，這樣的原稿選收了二十張。

最後，稍微說明個別的詩作。＜全民就業＞這首詩基本上就是＜神要他的歌＞的較長版本。＜幸運的夜晚＞和＜喝多了＞這兩首詩之間的近似也值得注意。＜海底逆流＞是李歐納的專輯《親愛的希瑟》（2004）裡的一首歌。＜從來不給人惹麻煩＞一詩也

是作為一首歌發表在李歐納的現場專輯《忘不了：大巡演紀念品》（2015）裡。詩作＜一條大街＞和＜謝謝你的舞＞，都再以歌詞形式、但內容略微不同的版本出現在本書第二部分。那些對賈科‧阿爾雅塔洛主持的網站 Leonard Cohen Files website 熟悉的讀者，將會認出一些詩、自畫像和繪畫，事先經由李歐納授權已經在那裡張貼過。

羅伯特 ‧ 法根和亞歷珊德拉 ‧ 普列索亞諾
2018 年 7 月

詩

這顆心發生的事

我手藝穩當
但從不自詡那是藝術
我強打起精神
去見耶穌去讀馬克思
當然這會弄熄我的微火
但火花垂死驟亮
去告知年輕的救世主
這顆心怎麼了

夏天的吻起了薄霧
我試圖並排停車
惡意爭奪一席之地
而女人總佔上風
沒關係，這是椿生意
但留下了醜陋的印記
所以我來重訪
這顆心發生的事

我在兜售一些神聖小物
我穿得有點炫酷
在廚房養隻貓咪
放隻美洲豹在院子
我和獄卒成為朋友
在天才的囚室裡
這樣我就永遠不會目擊
這顆心發生的事

我應該看見它來臨
你可以說是我製作了導航圖
只看她一眼就惹了麻煩
其實一開始麻煩就不少
是啊我們裝得像雌雄大盜
可是我從來不喜歡這角色
它不漂亮也不妙
這顆心發生的事

現在天使取來小提琴
魔鬼端出豎琴
每個靈魂都像桃花魚
每個心神都像游鯊
我打開每一扇窗扉
但房子依然黑暗
叫聲叔叔，事情就簡單
這顆心發生的事

我手藝穩當
但從不自詡那是藝術
奴隸來到了那裡
歌手戴著鎖鏈被燒焦
此刻正義之弧彎曲
傷者馬上就要出征
我失去了工作，為了保護
這顆心發生的事

我和這乞丐一起學習
他骯髒且滿身都是
他輕視不得的女人
抓的傷痕
這裡沒有寓言也沒有教學
沒有草地鷚在歌唱
只有一個髒兮兮的乞丐
為這顆心發生的事祈福

我手藝穩當
但從不自詡那是藝術
我會避重就輕
差點弄丟我的工會卡
我手裡拿著一桿
老爸的點三零三口徑步槍
我們為終極事物而戰
而不是異議權

當然這會弄熄我的微火
但火花垂死驟亮
去告知年輕的救世主
這顆心怎麼了

2016 年 6 月 24 日

14

failed
portrait

15

我願意

我願意,愛你,瑪麗
超乎我能說的
因為我一旦說出
他們就會把我倆帶走

他們會無故關押我們
把鑰匙扔掉
這世界不喜歡我倆,瑪麗
他們要對付的就是你和我

我們只剩一分鐘,瑪麗
在他們下手之前
也許只有 50 秒了
你知道這壓根不夠

30 秒了,寶貝
只剩下這點時間給我們去愛
要是他們看見我們在笑
那就一定會對我們動手

我願意,愛你,瑪麗
超乎我能說的
因為我一旦說出
他們就會把我倆帶走

他們會無故把我們關押
把鑰匙扔掉
這世界不喜歡我倆,瑪麗
他們要對付的就是我和你

小羊排

想起那些小羊排
在某夜的莫意舌餐廳

對於異類，我們都是好味道的
大多數的屍體都好吃
包括昆蟲與爬行類

就連在泥裡埋了一百萬年
才端上桌的挪威毒鹹魚
還有日本的毒河豚
都能備好
在有合理風險的
餐桌邊

如果瘋狂的神不是為了我們異類相食
何必把我們的肉弄得如此甜美

我聽電台說
有隻兔子農莊的快樂兔子
告訴它的動物靈媒

不要傷心
這裡真可愛
他們如此善待我們

又不是只有我們這樣
那兔子
安慰她說

萬物都會被吃掉
那兔子
告訴它的動物靈媒

2006

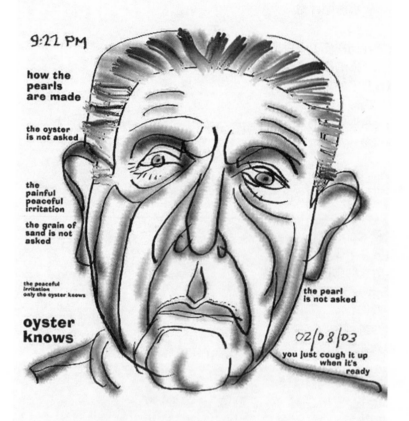

9:22 PM

how the
pearls
are made

the oyster
is not asked

the
painful
peaceful
irritation

the grain of
sand is not
asked

the peaceful
irritation
only the oyster knows

oyster
knows

the pearl
is not asked

02/0 8/03

you just cough it up
when it's
ready

18

沒時間改變了

沒時間改變了
就算回頭一顧
也已經太遲
我溫柔的書

讓那些人為
自己以赤裸的火焰
所做的事情感到羞愧
也已經太遲

揮下我的劍
也已經太遲
我沒有劍
這是 2005 年

我還怎麼敢去在意
我盤中有什麼東西
哦，溫柔的書
你實在太遲

你錯過了詩
的重點
那全關乎他們的
而不是我

我不知道

我那時知道我是弱的
我知道你是強的
我不敢下跪
在我不屬於的地方

如果我想用手
觸碰你的美麗
我的手會生瘡流血
我對此也心領意會

你分開你的雙膝
孤獨從中袒露
它把尚未誕生的心
從不屈的鏈條中扯出

但你越鍛鍊越孱弱
跌倒我的靈魂跟前
受傷的靈魂被心拒絕
除非你令它完整

因此我現在可以愛你的美了
儘管還是遠遠看
直到我的中性世界能容下
你如此親密

有時如此孤獨
我不知如何是好
我會用我收藏的無聊
換取你的小小擊打

我那時不知道
我不知道
我不知道
你這樣需要我

我再也受不了

哦，世界的蘋果
我們不是在蘋果皮上結婚
我們在蘋果核結婚了
我再也受不了

當然富人
總有他的侷限
窮人也有希望
我再也受不了

他們關於 G－d
撒的謊
假裝他們是這家店的主人
我再也受不了

譯註：G－d，God「神」的避諱說法。本詩以下
　　　其他地方出現此詞均直接譯作「神」。

海底逆流

有一晚我出海
潮退時
天空顯出凶兆
但我不知道
我會被海底逆流
牢牢抓住

被丟到海灘上
連海也不願去那裡
一個孩子在我懷抱中
一陣寒意在我的魂裡
我心有一隻
乞丐缽的形狀

在罕有的時刻

在罕有的時刻
我被賦予力量
傳遞情感浪潮
廣被世界。
這些是公共事件，
超出我能控制。
我爬上戶外舞台
當太陽正在落下
到托萊多塔後面
人們不讓我走
定要留我到深夜。
我們所有人
音樂家、觀眾，
融化在感激之情中
沒有別的，除了
繁星閃閃的黑暗，
新切乾草的氣味，
風在每人前額
愛撫的手。
我甚至不記得音樂了。
當耳語聲泛泛齊鳴
我聽不明白。
當我離開舞台時
我問主辦人
他們在說什麼。
他說他們在吟誦：
托－萊－若，托－萊－若
一個年輕女人駕車把我送回旅館，
這族的一朵花。
所有的窗戶都關好了。
這是不會犯錯的旅程。
無論道路還是目的地
都無法對我產生吸引。

我們沒交談
無論她
走進大廳，
或上樓到我的房間
她都沒問題。
直到最近
我想起很久以前的那程車
從那以後
我需要更輕
但我從不會這樣。

24

我的律師

我的律師告訴我不要擔心
說那垃圾已殺死了革命
他把我帶到頂層豪宅的窗前
告訴我他的計劃
他想造一枚月亮的贋品

1978 年

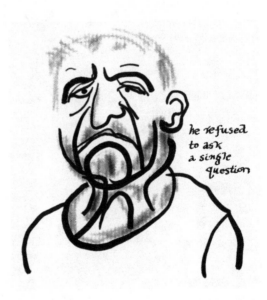

he refused
to ask
a single
question

我沒法破解密碼

我沒法破解
我們那已封凍的愛的密碼
現在要得知密碼
為時已晚了

我不斷向過去伸手
以為可以夠到
感覺一切都已
成為最後的景點

儘管我們把這叫做分手
無一物可以存留
我仍聽見我的雙唇囁嚅
許一些諾言

儘管我們揮霍真相
差不多沒有東西留下
我們還能掃掃房子
鋪鋪我們的床

當全世界都虛假
我怎能說它是真的
當黑暗召喚
我會與你一起前往它

在這可恥的時代
警鐘高鳴
當他們叫喚你的名字
我們把臂同行

我瞻望旗幟

我瞻望旗幟
我的手貼在心臟位置
如果我們能贏
就贏我們自己挑起的戰爭（之一）

幸運的夜晚！！！2004 年 3 月 7 日，星期日

比如說，在那個幸運的夜晚
我發現我的房子弄好了
我就可以神不知鬼不覺開溜
儘管慾望熊熊燃燒

借祕密樓梯逃離
我穿過森林
夜晚暗黑，但我安然無恙
我的房子終於就緒

但不管是否運氣，我做了正確的事
沒人看到我離開
在隱匿、盲目、祕密的夜——
我的心是唯一的燈塔

但是啊，這燈塔比太陽更確定地
照亮我的路
她在那兒等著我——
在所有的所有人中，唯一的她

然後夜晚驅使
我進入她的身體
就像亞當對夏娃一樣
直到他們需要分離

因此我可以向她展示
為她、只為她一個人保留的東西
——愛在世界誕生之前留下的
一個祕密之地

她的乳頭在我的手下
她的指尖在我的頭髮裡摸索——
那從死寂中呼喊的森林
散溢著香氣

風從牆上掠過
輕輕、靜靜地使我受傷
當我分開她的嘴唇時
風在雙唇之間傷害了我們

且繫泊在此，向我的愛人
我的愛人投降
我們像百合花一樣蔓生、溺亡
直到永遠、永遠

他說他想殺了我們

他說他想殺死我們
他經常這樣說
只要讓他知道你愛他
他的姿勢就會放軟

我們等一會兒
讓我們再等一會兒
敵人正在攫取力量
讓我們等到他更強

禪師說

1,
禪師說：

自閉先生，有件事
要告訴你

好的，禪師

你是我教過最差勁的學生

2,
我神隱了十年。
當我回到洛杉磯
禪師請我共進晚餐。
飯後他要單獨見我。

禪師說：

你的離去讓我死了一半。

我說：

我不信。

禪師說：

好答案。

3,
禪師陷入性醜聞時（他 105 歲了）
新聞報導常常提及
我和禪師的關係。

禪師說：

我給你添麻煩了。

我說：

是啊，禪師，你給我
添了不少麻煩。

禪師說：

我該死。

我說：

愛莫能助。

禪師沒有笑。

譯註：禪師指在美國的日本臨濟宗大師佐佐木承
　　　周，性醜聞是指他被指控曾過百次脅迫女弟
　　　子與其進行性行為。

如果沒有繪畫

如果世上沒有繪畫
我的畫就很稀罕了。
我的歌也差不多。
但既然事實並非如此，我們還是趕緊
加入排隊排到隊尾。
有時我看見一個女人在雜誌裡
在流光溢彩中被羞辱。
我想在更快樂的情境裡
把她扶起來。
有時是個男人。
有時一活人為我呆坐。
我能否再對他們說一遍：
感謝你來到我的房間。
我也喜歡桌上的靜物
比如燭台與煙灰缸
以及桌子本身。
藉我桌上的鏡子
一大早
我拷貝下了幾百幅自畫像
這讓我想起某些事情。
策展人把這個畫展命名為：
Drawn to Words（畫－字）
我叫我的作品為：
還過得去的飾品。

2007 年 1 月 15 日，西西里咖啡館

現在我已在
我歲月的邊緣跪下
且讓我穿墜愛之鏡

我所認識的那些事物
且讓它們像雪一樣漂飛
讓我在頭頂上的光明棲居

在耀光中
有日和有夜的地方
真理的擁抱最寬廣

蘊含失物
亦蘊含尋獲
蘊含你所寫下，你所擦走

還有我的心何時裂開
我的愛何時誕生
在這難言之痛的謀劃裡
連藍圖也被撕毀

褫奪

被撒哈拉的伴侶所褫奪
我遍尋房間四處
在椅子腳下
窺覷她的錢包
我在一個小筆記本上
細查每個條目
我用一支眉筆
寫了那首詩
就是你現正在閱讀的這首——
筆跡污糟了
但是一個字一個字不差：
「挺直腰桿，小戰士，」結尾寫道
「這不像你的行事方式
為了愛我
耗費了你自己的生命。」

愛的尺度

有時我聽到你突然停下
改變方向
開始走向我
我聽到它窸窣作聲
我的心躍起，迎接你
在空中迎接你
帶你回家
一起重塑我們的悠長生活
然後我想起
愛無法逾越的尺度
我為自己做好準備
承受記憶和渴望的後果
但「記憶」帶著年月的清單
翻然轉側
「渴望」像小牛一樣
在驚異的稻草中
跪下
而為了在此刻
保持你的死亡活著
我們在彼此永恆的扶持中
重新振作

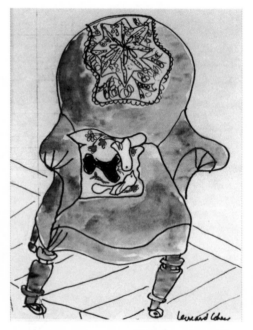

全民就業

——致 V.R.（1978-2000）

凡妮莎從多倫多
直撥電話來。
她說我可以
依賴她
一旦我落拓潦倒。
掛掉電話
我吹起
我們分手的時候
她送給我的
那支六孔木笛。
我明悟了指法
吹得比
任何時候都好。
因為這笛聲
我淚眼婆娑，
想起
她非凡的美
無人能躲，
還因為她說過
有一首歌丟失了
我被選出來
自所有的失業漢中，
就是為了重新找到
這首歌。

我看見你在窗裡
而窗戶大開
窗外虛無一物
窗內也沒有任何東西

你脫掉你的涼鞋
甩開你的秀髮
你的美麗卸下
而無處不在

故事已經殺青。
信件已經封緘。
你給我一朵百合，
但現在它變成一片芳原。

you gave me
a lily
but now
it's a
field

you kick off your sandals
you shake out your hair
it's torn where you're dancing
it's torn every where

it's torn
on the right
and it's torn
on the left
and it's torn
in the centre
which few
can accept

come gather the pieces
all scattered and lost
the lie in what's holy
the light in
what's not

Muntreal

38

我聽見熙來攘往

我聽見大道上
熙來攘往
我愛我的咖啡
愛夏美兒

又一天了
坐臥不安
賺點錢吧
起動了又熄火

我愛夏美兒
她是個好心人
我一直犯傻
她覺得沒啥

她有一雙灰眼睛
如果我使壞
她的眼睛就飄出
一霎青色

（2000 年 2 月 26 日）

losing sight
of the plan
but not
letting on

39

向莫倫特致敬

當我聽莫倫特歌唱
我知道我該怎麼辦
當我聽莫倫特歌唱
我不知道該怎麼辦
當我聽莫倫特歌唱
我的生活變得好淺
無法暢泳
我挖掘，但不能鑽下去
我到達，但不能攀上
當我聽莫倫特歌唱
我知道我已經背叛了
那鄭重的承諾
鄭重承諾又令
我所有的背叛都變正當
當我聽莫倫特歌唱
我喉嚨的託辭被拒絕
我的天賦的不在場證明被推翻
帶著六根華美的蔑視之弦
我的吉他離棄了我
我想把一切都歸還
但是沒人接收
當我聽莫倫特歌唱
我向我虛弱的想像力投降
想像力本身早就
向偉大的小酒館之聲
向家庭和山丘之聲投降了
當我聽莫倫特歌唱
我很謙卑但沒被羞辱
我現在和他一起
走出我無法成為的黑暗
進入我無法歌唱的歌裡的黑暗
這渴望地震的歌
這渴望宗教的歌
然後我聽到他開始偉大的高音上行
我聽莫倫特唱的《哈利路亞》

40

他如雷鳴殺人、而又迷惑人的《哈利路亞》
我聽到它躍升到了不可能的一刻
以它擁有的難以置信的歧義
那尖銳的角
刺穿平庸的歧義
他的叫喊他的完美詞語克服了
內心的困惑矛盾
與它們摔跤、擁抱
以善妒夫妻般的絕望去扼殺它們
他把它掛在他的聲音下面
掛在所有破碎的天花板下
失望的天空上
他的聲音從希望的泥濘中
從喉嚨的血
以及從佛朗明哥練唱的嚴訓逃脫
他把它掛在那裡
莫倫特王國
他並非作為莫倫特進入這王國
而是作為偉大的、非人的、神選的聲音
小酒館，家庭和山丘的聲音
他帶我們到那裡
用流血的手指，用喉嚨，用髒兮兮的翻領
把我們剩下的
都帶去他的王國
由他本人建立的貧窮王國
是我們唯一想去的地方
我們曾嚮往的地方
在那裡可以呼吸童年的空氣
誕生之前的空氣
那個我們終將成為無名者之地
那個沒有他我們不能抵達之地
恩里克‧莫倫特萬歲
莫倫特家族萬歲
舞者、歌手們
小酒館、家庭和山丘的門徒們

譯註：安立奎‧莫倫特 (Enrique Morente，1942
年 12 月 25 日－2010 年 12 月 13 日) 是
一個佛朗明哥男歌手，也是一個現代佛朗明
哥界頗受爭議的人物。在他以正統的歌唱方
式出道之後，他作了一些實驗作品，為佛朗
明哥歌唱寫了新的旋律，並且跟各種音樂家
合作，卻也沒背棄掉他的傳統佛朗明哥。雖
然純粹主義的專業人士跟聽眾嚴厲的批評
他，他依然是現代佛朗明哥最有影響力的歌
手之一，不僅做出創新，也樹立了典範。

41

the dazed middle self

the inner self is clear and doubtless
the outer self is confident and highly functional
I show you the dazed middle self - the DMS

2/6/03

Room 215

Hotel
Kemps Corner

✳✳✳✳✳✳✳✳✳✳✳✳✳✳✳✳✳✳✳✳✳✳✳✳✳✳

向羅森嘉登致敬

如果你有一堵牆，一堵裸牆在你家裡
我家裡所有牆都光禿禿的
我愛裸露的牆
我唯一會擺放
在我心愛的光禿禿牆壁上的東西
不是心愛的
是不需要被愛的
不需要一個形容詞
牆是原樣的就好
但我會放一尊羅森嘉登
用木製作的羅森嘉登作品
梳子和黑墨水
在永不磨滅的平行曲線的漩渦裡永遠走向「無地」
這是一個字母還是一個女人？
是一個完美的令人震驚的黑字母在一個詞裡面
在數百個單詞之中
在無盡的羅森嘉登史詩中，讚美
人類對自己的神聖和殘酷的慾望
你的心跟白紙一樣
女人小心翼翼地濺灑在紙上面
兩者都需要她才能意義重大
如果你有一面寬闊的白牆
如果你一溜掛上數百個他的居高臨下的女人像
你不必花很長時間
學習書法
去了解並原諒自己
何以經常墜入愛河
而維繫我們神祕而光輝的種族
你曾被騙入懷抱的美
關於這種美的爭論愚蠢
無論怎樣都會沉寂

這跟家具的道理一樣
我有一兩張木桌
很久以前我便宜買的

我已經擦拭它們多年
我什麼都不想放在它們上面
除了我的手肘、一隻盤子和一個玻璃杯
但是一張桌上有一件羅森嘉登作品
因為一件羅森嘉登作品會讚美支撐它的木頭
因為它是由跟一百年前製造桌子的大腦
相同的大腦製造
那是忠誠、純熟和謙虛的頭腦
它耐心地表現出一件工藝品
難以言喻的無用
你必須與一件羅森嘉登一起生活
才能了解它有多麼有用
和桌子或牆壁一樣有用
能挽救為你的無助
在一間房裡找到你忘了探索的
你「頹蕩的生活」
就像一首偉大的詩中沒有一個多餘的詞一樣
在一件羅森嘉登作品裡
沒有多餘的音量
沒有手勢，沒有自負，沒有眨動的眼
在尋求恭維
是怎樣就怎樣
尊重將它產生的傳統
但也獨立於這傳統
它就在這，房間環繞
它一秒一秒地建立著
與空氣和光之間穎異的嶄新友誼
房間也需要這樣
去澆灌和喚醒你的掙扎

如果你有花園或一英畝地
而你希望它繁茂
在這裡那裡放置一些羅森嘉登吧
他偉大、威風的亞舍拉女神
流線型的女體
這曾為男男女女
在《聖經》的「丘壇」尋找和膜拜

直到今天也這樣尋找和膜拜的
當我們手拉手走著
穿過那些撲朔和襤褸的微塵之物
它們生長在我們正式的、修葺過的公私日常
而她在這裡：
全然誕生於自身
急迫而又接納
經拋光的能量猛地一推
那能量不切割空氣
但能軟化並輕輕點燃它
在一列簡單的石梯上奉獻
這本身就是和諧不斷升級的傑作
奉獻給美麗的奧祕
沒有人敢解釋
出於眾所周知的
祕密原因而奉獻
奉獻，在悲愁的常態下
以及完美的深度自信中
現在你的花園
不需要喚醒

譯註：摩頓・羅森嘉登（Morton Rosengarten,
　　　1933-）加拿大雕刻家，柯恩的摯友。

我一直在琢磨一首歌

我一直在琢磨一首歌
給安雅妮唱
這將是關於我們的共同生活的
這將是非常輕或非常深
但不會介於兩者之間
我會寫些詞兒
她會寫旋律
我無能去唱它
因為它的調升得太高，她唱會更美
我會調教她的唱法
她會修正我的寫法
直到比美更好
然後我們會聽
偶爾聽
並不總是在一起
但不時共聽
聽我們的餘生

譯註：安雅妮・托馬斯（Anjani Thomas）是美國
歌手兼鋼琴家，以與歌手、作曲家李歐納・
柯恩等人的合作而聞名。她於 2000 年成為
獨奏藝術家。

禪師的詩

何時也好
只要在深夜
聽見無形之聲
哦母親！
我就又尋到你。

何時也好
只要我佇立
在圓渾天空下面
哦父親！
我低下我的頭。

日落
我們的影子消融
松樹漸瞑
愛人啊！
我們必須歸家了。

（李歐納・柯恩 譯自其禪師佐佐木承周）

肯伊・威斯特不是畢卡索

肯伊・威斯特不是畢卡索我是畢卡索
肯伊・威斯特不是愛迪生我是愛迪生
我是特斯拉
Jay-Z 不是任何事物的迪倫
我是任何事物的迪倫
我是肯伊・威斯特的肯伊・威斯特
從一間精品店到另一家精品店
做大幅假動作的、垃圾文化的
那個肯伊・威斯特
我是特斯拉
我是他的線圈
使電像床般柔軟的線圈
我是肯伊・威斯特當他一屁股把你踢下舞台
自以為是的肯伊・威斯特
我是真正的肯伊・威斯特
我不怎麼到處逛了
我從來沒有那樣
戰爭過後我才活過來
何況我們還沒有開戰

2015 年 3 月 15 日

譯註：肯伊・歐馬立・威斯特（英語：Kanye Omari West，1977 年生），美國饒舌歌手、音樂
製作人、詞曲作家和歌手。
湯瑪斯・阿爾瓦・愛迪生（英語：Thomas Alva Edison，1847 年 2 月 11 日－1931 年
10 月 18 日），美國科學家、發明家、企業家。
尼古拉・特斯拉（塞爾維亞語：Никола Тесла，英語：Nikola Tesla；
1856 年 7 月 10 日－1943 年 1 月 7 日），塞爾維亞裔美籍發明家、物理學家、機械工程師、
電機工程師、化學家和未來學家。被認為是電力商業化的重要推動者，並因主要設計了現
代交流電力系統而最為人知。剛到美國的時候在愛迪生的公司任工程師，被後者欺騙利用。
Jay-Z（原名 Shawn Corey Carter，1969 年生，藝名 Jay-Z），是一名美國饒舌歌手、企
業家、詞曲作家和聲歌手樂製作人，他是世界上最暢銷的音樂藝人之一，也是有史以來最
受好評的饒舌歌手之一。
迪倫：指 Bob Dylan。

老朋友

一位老人（通過電話）告訴他的朋友
他那天傍晚要去猶太教堂。
這是一家凋敝的教堂，坐落在
洛杉磯一個充滿敵意的黑人社區中。
甚至沒有一半的猶太禮儀法定人數（十人）參與。
禮拜者年紀老邁，祈禱言語不清，
這裡風雨暢通，人們都襤褸和腰痛。
老人邀請他的朋友來與他一起大笑
一次失敗的精神冒險的軼事，
那次冒險中他們倆都一度懷有最高的希望。
但他的朋友笑不出來。
他的朋友變成了納賀蒙尼德、菩提達摩和聖保羅，
三位一體混合成為一位宗教會計師。
「你不應該告訴我你要去猶太教堂。
你失去了所有的功績，如果你保持沉默，那本來可以得到的。」
什麼？功績？沉默？老人在跟誰說話？真過分。
他的朋友責備他不應該吹噓他自己的虔誠，
但他放任自流（有點兒）。
他們說晚安後，老人穿上現已不太合身的睡袍，因為他已戒菸。
他的床頭櫃上有一瓶幾乎全滿的百憂解。
他幾個月前買藥把它裝滿，但旋即停止服用這藥。
這藥沒用，幾乎沒有任何東西有用。
如果不忍受他的責備，你甚至無法打電話告訴朋友你腰痛。
上週他回去複診時，至少他的牙醫沒有責備他。
兩年沒去後，洗牙開始時每個人（牙醫，助手，他本人）
都會聞到嘴巴腐爛氣味。
他的牙醫也是個老人。他說：「讓我們解決這個問題。」
老人繫好睡袍的腰帶，
把房子的所有燈都點亮（這樣他就不會再被劫）。
他開車進入戰區，在途中鎖上車門，
然後把車停在禪堂的院裡（這並不是真正的猶太教堂）。
尤妮絲在那兒。她已經在那呆了二十五年。
「在我的年齡，」有天晚上我聽到她這樣說，
說她現在多麼容易感冒。

「紅葉」在那兒。我忘記了他的教名。
他的右手的手指被貓咬腫了。感染發炎。
他摸索著點香。
尤妮絲打噴嚏、咳嗽、清嗓子。
一架警用直升機聲音蓋過了誦經聲。
這個地方很冷。只有我們仨。
絨毛從坐墊裡漏出來，就像這個故事裡滲出的果汁一樣，
史蒂夫，我也不再對你生氣了。
再說，老朋友，你有一定道理。你有一定道理。

1985 年

Bodhidharma
brought Zen
to the West
but I
got rid of it

Sheraton Tel Aviv
12th floor
grey and white
the windy sea

譯註：納賀蒙尼德（Nachmanides，1194－1270）是一位中世紀猶太學者、西班牙塞法迪猶太拉
　　　比及聖經註解家，對 1099 年十字軍東征之後的猶太人社區重建起著重要作用。

可見湍流

你是最後一個
這樣看我的年輕女人
那是什麼時候？
在 9/11 和海嘯之間的某時
你看了看我的腰帶
然後我也低頭看了看腰帶
你是對的
腰帶還不錯
然後我們重整生活。
我不了解你的
但我的生活神奇地平靜
在訴訟和年齒漸增的
可見湍流之後。

收看「地理」頻道節目

上帝的無聊
令人心碎
欺騙欺騙欺騙

造物

把「我」和「我的」掛在嘴邊
的那種造物
不必害羞——
這也是
隨著千山萬湖
一起被創造的
神聖的自我

印度女孩

你在等，你一直都在等。一直都是這樣。每當你什麼都想要的時候，你都在等；水壺對著金絲雀唱歌時，你也在等；那個印度女孩死於車禍前，讓你和她做一場祕密的愛。你等著你的妻子甜蜜起來，等著自己的身體精瘦又陽剛，那個來自印度的女孩，在她麥凱街的公寓裡，說，李歐納，你等了我一下午，尤其是當我們都在你妻子的廚房裡聽著金絲雀鳴唱，那時慾望真的得到了你，我們仁站在鳥籠前，水壺吹著口哨，我們對金絲雀滿懷期待，這首歌讓我們三個人從下午出離，從冬天出離——那時等待對你來說太多了，那時我明白了你對我的慾望有多深和多麼無私，當我決定邀請您投入我的懷抱。假如她這樣對她自己說。然後我開車去她的家，她邀請我去她的公寓，她毫不抗拒我對她這黑暗陌生人的深邃、冷漠的感情，她看到了這個男人對她的痛心有多麼泛泛，多麼中立，多麼殘酷無情——她帶我到綠色的救世軍沙發上，在學生家具中，她帶我去，因為她將在兩週後勞倫森高速公路上的一場車禍中喪生，她給了我一個最後的擁抱，因為她看到要安慰我是多麼簡單，我很感激能被列入她在地球上最後一次慈悲活動之中。然後我回到了我的妻子身邊，年輕的妻子，那位永遠冷若冰霜、給我生孩子、一生中出於一種好理由或另一種理由而恨我、知道我哪些朋友好得越界的人。我們仁站著，聽著金絲雀和水壺的二重奏，蒸汽籠罩了我們在濱海大道的廚房窗戶，蒙特利爾的冬天關閉了所有東西，除了懷有希望的心。瑪拉是她的名字，她來拜訪我們，就像我們在那些日子的互訪，我們駕車穿過大雪去會新朋友。

1980

萬福瑪利亞

你邁出淋浴間
哦多麼清涼和潔淨
聞起來像一朵花
來自青草原
世界在燃燒，瑪利亞
它空洞、黑暗且刻薄

我喜歡聽你朗笑
這笑把那世界帶走
我活著就為了聽你笑
就連祈禱也免了
但現在世界捲土重來
回來就賴著不走

站我這邊吧瑪利亞
我們沒時間可以浪費
如今水也不像水了
喝著帶苦味
站我這邊吧瑪利亞
萬福瑪利亞

我懂你必須離開我
時鐘嘀嗒響亮
我明白離別的時候到了
時間永劫回歸
我的心變成了兵器
那是為什麼我垂頭喪氣

站我這邊吧瑪利亞
我們沒時間可以浪費
那動物在流血
花朵被踐踏
站我這邊吧瑪利亞
萬福瑪利亞

洛杉磯時報

《洛杉磯時報》
將由一個
名叫卡洛的人朗讀。
他會在抱他
（腿腳不靈光的）老婆
去洗手間時死掉。
我將坐在陽光下
寫他們的故事。
我的狗會死，
我的倉鼠，我的烏龜
我的白老鼠，我的熱帶魚
我的摩洛哥松鼠會死。
我的媽媽和爸爸都會死，
我的朋友羅伯特和德里克會死。
希拉會死
在沒有我的她的新生中。
我的高中老師會死，
沃林先生。
弗蘭克·斯科特會死，
他留下了一個自由的加拿大。
格倫·古爾德會死
在他的榮耀之中。
馬歇爾·麥克盧漢會死
改變了幾種含義之後。
米爾頓·艾肯會死
在他將雪茄在我的地毯上
弄熄之後。
萊斯特·B. 皮爾森會死
戴著溫斯頓·丘吉爾
的領結。
布利斯·卡曼會死
在我習得他的寂寞之前。
七人畫派都會死
在令我在卡萊爾的安妮充滿愛意的注視中
野營、搭帳篷、劏魚的地方

出名之後。
我的姐夫，
是「飛行常客」中最著名的
他會死，成為「真的女婿」
並留給我姐姐兩百萬英里飛行積
分。
沒關係
所有這些死亡都是
在我預言它們之前發生。
歷史將忽略
連綿時間中的小失誤
反而
專注於
我對多半是加拿大的問題
不懈的關心。

（醫療大樓露台，1999 年 11 月
15 日）

the truth
feels good

this is
no joke
that's what
makes it
funny

it is the
very essence
of Canadian
humour

Sept 2, 2003   Los Angeles

譯註:弗蘭克·斯科特(Frank Scott，1899－1985)，加拿大詩人，曾在蒙特利爾發起「新詩
　　　運動」，對柯恩深有影響。也是加拿大新民主黨的創辦者之一。
　　　格倫·古爾德(Glenn Gould，1932-1982)，加拿大著名鋼琴家。
　　　馬歇爾·麥克魯漢(Herbert Marshall McLuhan，1911－1980)，是加拿大著名哲學家
　　　及教育家，也是現代傳播理論的奠基者，其觀點深遠影響人類對媒體的認知。
　　　米爾頓·艾肯(Milton Acorn，1923-1986)加拿大詩人。
　　　萊斯特·B. 皮爾森(Lester B. Pearson，1897－1972)，是第 14 任加拿大總理，1957
　　　年諾貝爾和平獎得主。
　　　布利斯·卡曼(William Bliss Carman，1861－1929)，加拿大詩人。
　　　卡萊爾的安妮(Anne of Carlyle，似指 Anne Carlisle，1956-)美國演員，Anne Carlyle
　　　是其當模特兒時的化名。
　　　七人畫派(Group of Seven)，是以多倫多為中心的加拿大畫家團體，致力於風景畫創作
　　　(特別是北安大略題材)，並創立一種民族風格。這個團體由 T. 湯姆森和 J.E.H. 麥克唐納
　　　於 1913 年發起並領導，在 20 世紀 20 年代和 30 年代極有影響。

你想反擊而你無法反擊

你想反擊而你無法反擊
你想幫忙而你無法幫忙
槍不會開火
炸藥不會爆炸
風在往另一個方向吹
沒人能聽到你
死亡無處不在
無論如何你都要死
而你厭倦了戰爭
你無法再解釋

你再也無法解釋
而且你像一輛生鏽的老卡車
被困在房子後面
再也不會拉貨了

你沒有過自己的生活
你正過著別人的生活
你不認識或不喜歡的人
這即將結束
來不及再次開始
現在你武裝起來也太遲

你所有愚蠢的善舉
武裝了窮人對抗你
你沒有成為你想做的人
對他還是她都不感興趣
我該如何才能擺脫這些
污糟邋遢髒亂垃圾
再也不能清潔
不能自由
被八卦和宣傳污染

你累了，完蛋了
你再也做不了什麼
這就是為什麼如此沉默
這就是這首歌的目的

你無法再解釋了
也無法進行挖掘
因為地表像鋼鐵一樣
還有你所有的細膩情感
你的精妙見識
你著名的理解
蒸發掉了，變成驚人的
（對你）無關緊要的東西

我不記得何時
我寫下這些
那是在 9/11 很久以前

當你醒來

當你醒來，陷入驚慌
拉爾夫花店買來的鬱金香
差不多枯了，
你為什麼不換水
和修剪花莖？
也許你可以找個高點的花瓶
幫助這些花挺立起來？
當你醒來，陷入驚慌
惡魔幾乎抓住了你
把你從信仰的懸崖扔下，
你為什麼不躺下
躺在你日常生活
兇猛的熙來攘往前面
讓一些瑣事把你搗成醬？

1993 年 12 月 13 日

當慾望休息

你知道我在看著你
你知道我在想什麼
你知道你有興趣
我很老練
你會忘記我老了
除非你想記住
除非你想看到
慾望怎麼了
它變得多自由
多麼無恥地為愛糾纏
為每個女人
　　　　和她的絲襪。
當慾望休息
兩個人心有靈犀
遠遠的在一張綠毯子上
（或者是青苔的花）；
兩人從遠處揮手
伸展如那必然
　　　　乾涸的東西
帶著溫厚微笑
　　　　小圓臉上；
對慾望揮手
當它在前景歇息
形如山麓，入靜，
虔誠得像淚水做的狗。

將發生的（2003 年 2 月 16 日）

將發生的
一千萬人
走上街頭
都阻止不了
將發生的
美國的武力
也控制不了
美國
總統
　　　和他的顧問們
都無法設想
無法發令
或指導
你做的
這一切
或不做的
都會帶我們
到同一個地方
我們不知道的地方

你對戰爭的憤怒
你對死亡的恐懼
你冷靜的策略
你大膽的計劃
你想要重組
　　　中東
廢除美元
建立
　　　第四帝國
想要永生
想要使猶太人沉默
想要安排宇宙秩序
想要整理你的生活
想要改革宗教
這都一文不值
你不了解
你所做的
後果
還有一件事兒：
你不會喜歡
亞美利加
　　　將會發生的事

what is coming
ten million people
in the street
cannot stop

what is coming
the American Armed Forces
cannot control
the President
of the United States
    and his counselors
cannot conceive
initiate
command
    or direct

  everything
  you do
  or refrain from doing
  will bring us
   to the same place
  the place we don't know

your anger against the war
your horror of death
your calm strategies
your bold plans
to rearrange
        the middle east
to overthrow the dollar
to establish
        the 4th Reich
to live forever
to silence the Jews
to order the cosmos
to tidy up your life
to improve religion
they count for nothing

you have no understanding
of the consequences
of what you do

oh and one more thing
you aren't going to like
what comes after
        America

我做的事

不是說我喜歡
在諸如印度這樣的地方
住在旅館裡
書寫神
追逐女人
但看起來這就是
我做的事

學校時光

我領導學校
我是學校的頭
約翰是胳膊
佩吉是個屁眼
和珍妮弗，腳趾。
我最喜歡是屁眼。

套著我的條紋足球衫
還有我的 V 領曲棍球襯衫
我成了一個引人注目的人。
怪不得佩吉被迷倒了
在我的影響下。
直到事故發生。
然後我失去了她。

旗海洶湧橫幅蕩漾。
全都輸給了客隊。
我在那裡守一個壞位置
為我們的勝利而皺眉。
我沒法把眼睛
從她那條跳盪的小裙子移開。
我說的是啦啦隊長
叫佩吉那位。
那是四十七年前。
過去。
我從來沒有想過去
但有時候
過去會想我
並坐下
如此輕盈落在我臉上——

還有我和佩吉
約翰和詹妮弗，
我們的圍巾飄揚在風中，
我們加速
開著家庭跑車
趕去某人
在南塔基特的家
而我能再次上路。

With a great sense of relief
(prompted by a study of the lower face)
he begins to experience the sweet
anonymity in the blessed order
of all withering things

September 2003
Los Angeles

66

花仇恨我們

花仇恨我們　　　　　　　它們恨我們
動物咒我們去死　　　　　它們咒我們去死
我一旦發現　　　　　　　醒來吧亞美利加
我就殺了我的狗　　　　　殺了你的狗

現在我知道它們在做什麼了
雛菊呀鳶尾呀玫瑰呀
為什麼人之間沒有和平
為什麼什麼都沒用

沒有回頭路了
扔掉你朋友的花束吧
殺死所有的動物
但不要吃它們的肉

現在我知道它們在想什麼了
它們的性器官袒露
它們皮毛發臭
它們牽動人心

如果它們贏了，它們會對我們做什麼

沒有它們多棒啊
只是過我們短暫的生活
時間也比它們更長
而且就目前來說，比它們更悲慘

花仇恨我們
動物咒我們去死
我一旦發現
我就殺了我的狗

離經叛道

我以為我會逃脫
但現在我必須留下
我想我最好說：
照常就好

這不由我說
我聽到嚴苛的裁決
我本來就不是
這麼美麗

有的人乘搭公車
他們比我們幸運
儘管全亂套
他們依然可靠

他們想上車
他們不喜歡被忽視
他們是主的孩子
他們如此可怕

你以前都聽過
我有一點，但他們變本加厲
我爛到骨頭裡了
但還慈悲為懷

那是我的錯
我沒殺那條蛇
我饒過了那條蛇
不按聖經說的做

禿山之冬

在禿山過冬
僧人們鏟著雪
自由搖擺著的，這無門之門
但似乎沒人要走

又冷，又黑，又危險
路滑得像一個謊言
沒人想待在這
而我，我寧願死了算

所有的食物都是二手
每個人都抱怨
昔年的無價之屎
凍結在下水道裡

在禿山過冬
僧人們鏟著雪
自由搖擺著的，這無門之門
但似乎沒人要走

忘了你的純潔吧
還有你的瘢疤和污漬
你想攀爬禿山
你需要你的鐵鏈

又冷，又黑，又危險
路滑得像一個謊言
沒人想待在這
有人說他們寧願死了算

你有喜馬拉雅山
還有偉大的圖博平原
你想征服禿山
你需要你的鐵鏈

2015 年 8 月 21 日

this way is really the best way
I'm sorry to say
whatever you have in mind
won't do anymore
I base this on over 50 yrs
of close observation
this is the best way now
this is comfortable
this is home

so much for you
my dear colonel
you never did figure out
how to deal with what
is truly unimportant

不要緊

親愛的，不要緊，
真的不要緊
而我不說
不要緊，
為了傷害你讓你而感到：
它要緊，
它確實很重要。
一點也不，
一點也不。
我站在你旁邊
在這個人類活動和慾望
的偉業的中心
被我自己的心
的噪音震聾
被嗜好扭曲
為了正義為了和平
我看著你
我試著去愛的某人
某個試圖愛我的人，
它來到了我們身邊
從我們開始的地方
我們將要結束的地方
一個聲音，包括
你的聲，和我的聲
而我們
聚在一起，
我們一起出生

我們死在彼此的懷抱中
聽起來強大的聲音，
或溫柔的聲音，
低語的聲音，
或雷鳴的聲音，
總之，
是我們最喜歡的聲音
拚命
渴望聽到的聲音，
是那可以寬恕我們的聲音
它說，
沒關係
親愛的，
這是真理
寬恕所有的真理。
現在聽。從
你茫然的愛的殘骸那裡聽。
這是真理
寬恕一切的
非常真理。
親愛的，不要緊。
真的不要緊。

感恩

巨大的淡紫色藍花楹樹
在南特里梅恩的街上
盛開
兩層樓高
這讓我很高興
然後
當季的第一批櫻桃
在露天農夫市場
週日的早晨
「真有福！」
我向安嘉尼驚呼
然後是放在蠟紙上
的香蕉奶油蛋糕
和椰子奶油蛋糕的試食
我不是糕點嗜食者
但我能覺察麵包師的天賦
並向她碰帽致意
空氣中有微涼
似乎在擦亮陽光
並把美麗的身分賦予
我所看到的每個物體
臉蛋、胸懷、水果、泡菜、綠雞蛋
精巧昂貴的背帶中的
新生嬰兒
我如此
感激開給我的新抗抑鬱藥

he has found his way
and he has begun

to smile

he smiles at
everyone

he is a regular
Father Teresa

古風歌謠

太古老了，古老得無用，
太古老了，唯有上帝知道！
我會留下小小一顆銀心，
這紅色疊疊的玫瑰。

在堅強的人的懷抱裡
你擁有我們所沒有的東西。
我要為你唱完
我的冬歌。差不多完了。

但是哦！我們吻過的吻
那吻席捲我
到我幾乎消失的海岸，
除非我吻你更多。

我有小小一顆銀心，
這紅色疊疊的玫瑰。
心是起初你給我的那顆
玫瑰是結束時的那朵。

他等了你一整夜。
跑向他吧，跑啊。
我要為你唱完
我的冬歌。差不多完了。

電梯裡的鏡子

我父親留著小鬍子，
但他的父親或兄弟都沒有留
這很誘惑我

在新酒店
電梯常常很黑暗
鏡子也沒用
（就像這一個）

我不想去任何地方
我去過雅典衛城（1959 年）
我坐在古老的石頭上
和一個女人合影
（1970 年）
她攪亂了我的生活
從那時到現在（2008 年）

死得其所
是我主要的希望
但是我在路上
遠離合適處所

有一個我喜歡的女人
她年輕貌美好心腸
而且不會唱歌
但她想當一個歌手

我曾留下她的全身寫真
藏在我的筆記本電腦
然後我想：
我不能再這樣做
然後我把它拉到（很不情願地）
電腦那個
我好久沒清空的小垃圾桶

在馬美遜曼徹斯特飯店
的電梯裡
我必須戴上老花鏡
去找我住那層的按鈕
走廊是深紫色的
用射燈照亮
重低音的嘻哈樂
注定一代的歹運
自隱藏的揚聲器裡
你瞇著眼找到你的門

（旅行和住宿
的全行業
現在被放棄
好比一種危險的色情冒險）

對於誰能不能成為歌手
我無話可說
上帝知道我自己的資格
也不多元
只是好運氣使然
成功永遠是
這樣

（一個非常可愛的人
我不必介紹
給索尼的任何人）

聆聽蜂鳥

聆聽蜂鳥
牠們振翅如無形
聆聽蜂鳥
不要聆聽我。

聆聽蝴蝶
牠們時日不過三
聆聽蝴蝶
不要聆聽我。

聆聽決策者
他在研究你身分
聆聽決策者
不要聆聽我

聆聽至尊之心
放棄至尊位
聆聽至尊之心
不要聆聽我

聆聽上帝的精神
那無須存在的
聆聽上帝的精神
不要聆聽我

我想我會歸咎

我想我會把我的死
歸咎於你
但我對你
不那麼熟悉
如果我熟悉
我們現在就已結婚了

為了充分享受
（我向你保證
會有這等好事）
光在字行間
閱讀還不夠
那是孩子的遊戲
而我們並不那麼喜歡
孩子

有一天
你會拿起這本書
彷彿
第一次
你對自己說：
我不知道這傢伙
怎麼辦到的

一行接一行字
從我的困境中湧起
無恥，你會說
他媽的無恥

並因為你對此事
的冷漠
得到加強
更不必說
過去的
整個問題

你會想起
你曾對我有多好
我曾對你有多好

站在一些
制高點
就如窗戶或懸崖
你就會知道
這享受滿滿的

Hotel Kemps Corner
Room 215
9:36 PM

yes
always somewhat
off balance

but peaceful
in his work
peaceful
in his vertigo

an old man
with his pen
deeply familiar

with his
predicament

77

今天我的吉他站了起來

今天我的吉他站了起來
跳進我懷裡彈奏
一曲西班牙音樂，讓舞者驕傲於
佛朗明哥舞的跺腳，大聲哭喊
對抗那摧折、擊倒我們的命運
在疾病、年齡和偏執狂
的血腥棘冠下
迷惑我的，無一可避免

我的畢生事業

要說的太少
但去說出它
刻不容緩

從來不給人惹麻煩

我沒法支付按揭貸款
我傷了我的寶貝的心
我無法支付按揭貸款
我傷了我的寶貝的心
從來不給人惹麻煩
但現在開始為時未晚

不想砸破什麼窗戶
不想燒什麼車
不想砸破什麼窗戶
不想燒你的車
你有權擁有你所有的財富
但你讓它過度失控

你在專享訂製的遊艇中
航過浩瀚的海洋
你在專享訂製的遊艇中
航過浩瀚的海洋
但是海洋漂滿了垃圾
你無法真的穿越

從來不給人惹麻煩
我是一個維護法紀的好漢
從來不給人惹麻煩
我是一個維護法紀的好漢
從來不給人惹麻煩
但你知道我他媽的可以那樣

if I
catch
you
making
fun
of me
I will
wash
your
face
with
snow

and
I will
be
sitting
on you

Sunday January
11th 2004

有問題的普通人

有問題的普通人
你見過他遊蕩
在你逛的一些地方
他沒有沉淪
不必對他示好
他知道去哪裡尋一醉
他可以一個人搞掂
這有問題的普通人

喝多了

我喝太多。我丟了工作。
我過著什麼都無所謂的生活。
然後你停下來，走過
我落滿了答案的小橋。

我不記得接下來發生了什麼。
我與你保持一段距離。
但糾結於性的亂麻
我的受罰就這樣了。

在一息間結束──
無來也無往──
哦我的天，你是我從未想深交的
唯一的朋友。

你的靈藥在我的手下面
你的手指穿過我的頭髮
吻在我們嘴唇上開始
在任意一地結束。

現在我們的罪都供認了
我們的戰略是原諒
這是規定：法律必須休息
在法律制定之前。

不是因為我迷失的
不是因為我精通的事
你為我止步，然後走過
落滿答案的橋。

雖然原諒不需要態度
也沒人在這裡受苦
我們大聲哭喊，像人類常做的那樣：
我們互相哭喊。

一時是一，一時是倆，
一時整個成災難。
我們呼救，像人類常做的那樣──
在真相之前、後。

每一道引路的光都消失了
每個導師都說謊──
繼續前行沒有真相──
死亡中沒有真相。

然後黑夜命令
我進入她的那邊
就像亞當在大分裂之前
對夏娃做的一樣。

她的靈藥在我的手下面
她的手指穿過我的頭髮
每一個飢餓的嘴巴都快活──
且深深的無知覺

在這裡我不能盡舉手之勞
追描美的詩行
但詩行被描寫，美麗的快樂
來去甚自由。

從牆上刮來一陣遊牧的風
輕巧而日常──
當我吻開你的雙唇，它傷害我們
它傷害我們，在我們之間。

每一道引路的光都消失了
以及每一個甜蜜的方向
我讀的愛之書是錯的
它有一個大團圓結局。

現在沒有什麼態度——
現在沒有別的什麼了——
我們像百合花一樣蔓生、溺亡——
我們永遠蔓生和溺亡。

你是我的舌頭，你是我的眼，
我的來和去。
哦我的天，你讓你的水手死去
那麼他會變成海洋。

當我最餓的時候
她拿走了我的舌頭
並在這飢餓休息的地方抱住我
在世界誕生之前。

扣緊在這裡我們不能動彈
我們永遠動彈不得
我們像百合花一樣蔓延和溺亡——
從無地到中心。

我經由祕密大門逃生
逃到了邊境
說是運氣或說命運也好
我從容地離開了家。

現在沒有什麼態度——
現在沒有別的什麼了——
我們像百合花一樣蔓生、溺亡——
我們永遠蔓延和溺亡。

偽裝成生活靜好的人
我逃到了邊境
雖然我心中的每一顆原子
都慾火焚身。

2004 年 3 月 7 日，星期日

一休

一休
不是個和尚
也不太算是詩人
作為情人
他且戰且退
他需要
亞美利加的一百年
和一次久久的淋浴
只為保持他的手藝純熟。

飛越冰島

飛越雷克雅未克，W.H. 奧登
去過的「煙灣」
去發掘我們所有歌
的遠因，
我曾在這裡得到
市長和總統的接納
（每小時 600 英里
30,000 英尺
每小時 599 英里
我在貝爾蒙特大街的舊街號）
在那裡，我這個
公認的二流藝人，
被西方最高貴、
最英俊的人民禮遇
以龍蝦
和烈酒招待我，
我從不在意眼睛
但是女侍的眼睛
是驚艷的藕荷色
我吞下違禁的貝肉
陷入了恍惚

上帝要他的歌

凡妮莎從多倫多
直撥電話來。
她說我可以
依賴她
一旦我
落拓潦倒。
掛掉電話後
我吹起
我們分手的時候
她送給我的
那支六孔木笛。
我明悟了指法
吹得比
任何時候都好。
因為這音樂
我淚眼婆娑，
想起
她非凡的美
無人能躲
還因為她提及
一首丟失的歌
我得到工作

87

（本詩與《全民就業》一詩的
前 21 行大部分重複）

他所知道的

他所知道的
是這事曾經發生過
此刻,下一刻,最後一刻。
這是第二遍播放,
也許第三遍。
是的,第三遍。
他記得,記著這事。

伊茲拉島,1999 年 8 月

如果我嗑了顆藥

如果我嗑了顆藥
我會對你感覺好很多
我要給你寫一首詩
它聽起來像一封信

我會殺掉一個小氣鬼
我會割下他的耳朵
把那耳朵寄給你
附上一句「你要是在這裡就好了」

我正在努力了結
我失敗的職業生涯
以一根白色香菸
和啤酒拉上帷幕

我懇求你來
我打電話懇求
你還會錯得多離譜
我最好一個人待著

我正在努力了結
我失敗的職業生涯
用在此時此地
的一點真實

繼續往前

我愛你的臉，我愛你的髮
你的 T 恤和晚裝
至於世界、工作、戰爭
我拋棄這一切為了愛你更多

而你走了，這就走了
彷彿從沒有一個你存在過
誰碎了我的心，又把它重塑
誰停不下來，誰在開誰玩笑

我愛你的情緒，我愛它們
在每天勒索我的方式
你的肉體統治了我，儘管如此
事實上荷爾蒙的影響比觀點更重要

而現在你走了，這就走了
彷彿從沒有一個你存在過
淡紫色皇后，藍色皇后
誰停不下來，誰開誰玩笑

我愛你的臉，我愛你的髮
你的 T 恤和晚裝
至於世界，工作，戰爭
我拋棄這一切為了愛你更多

而現在你走了，這就走了
彷彿從沒有一個你存在過
死死抱住我，拉我渡過
誰停不下來，誰開誰玩笑

if only
she hadn't

Saturday 1:40 am December 27, 2003

我孤單嗎

我孤單嗎
　當我們發誓
　　堅守真實

我孤單嗎
　還是我在那裡
　有你相伴

誘惑種種
　還有甚多
　　不只零星數個

我孤單嗎
　還是我在那裡
　有你相伴

我孤單嗎
　當心靈
　　被一劈為二

我孤單嗎
　還是我在那裡
　有你相伴

那裡有死亡
　但我知道
　　該怎麼辦

我孤單嗎
　還是我在那裡
　有你相伴

你必須等待
如果你在等著
和我
爭吵

你必須等待
直到它告終
生與死也
都贊同

過來看看

過來看看
他們會說
你不認識我
他們會說
你不愛我
他們會說
你不飢渴於
品嘗我的味道

他們會說我編造了
我們的少年遊的謊話
當我掀起衣服下擺
我讓我的形體閃耀穿過
恐怖的一天
的褶皺

我在你的沙漠裡
流浪了 40 年
你美麗的一刻
和我喘不上氣的 40 年
相抵了
懊悔的 40 年
失望的 40 年

不能寧息的睡眠
無法冷靜的愛撫
無因的興奮
自膚淺中的喚起
激動的灘塗
因為不是你

一手搗住我嘴
讓我緘默
一慧過勞
讓我熄掉

一結在喉
一擊在腦
一甜分心
殺了食慾
一撒把糖
殺了食慾

然後忘記你
整整 40 年
為你送來提醒我
的女人
建造房屋

看看我怎麼讓你失望
但這並不意味
它從未發生

這事開始了
然後草草了結
再一次
愛你
愛得太累

在痛苦中
尋找你也一樣

我是否忘記了
為我剛才的感受
向你道謝？
當你向我示意
以上帝才知道是什麼鬼
的醉後諾言

感謝你的舞

謝謝你的舞
它如此糟，如此棒，如此有趣
謝謝所有的舞
一二三，一二三一

你頭髮上別了一枝玫瑰
你的肩膀裸露
這是一種戲裝
但我是一個有信仰者
所以把音樂聲量調高
倒上酒
滿至杯面才停
表面就很好
我們不需要更深入

謝謝你的舞
聽說我們結婚了
一二三，一二三一
謝謝你的舞
還有你帶來的寶寶
差不多是一個女兒或兒子

沒事可做
但想知道你是否
厭倦別離
和我一樣厭倦
我們在精神中連結
在臀部相交
在恐慌中結合
想知道我們
是否達成了某種
協約

謝謝你的舞
它如此糟，如此棒，如此有趣
謝謝所有的舞
一二三，一二三一

如此美，如此快
我們忽焉在前，忽焉在後
排在
歡樂神殿的隊伍
但是綠太綠
藍太藍
我太我
而你太你
危機輕盈得
像羽毛一樣

謝謝你的舞
它如此糟，如此棒，如此有趣
謝謝所有的
舞
一二三，一二三一

一條大街

我曾經是你最鍾意的酒鬼
讓你笑了又笑
然後我們運氣都用沒了
而運氣曾是我們僅有的全部

你穿上軍服
去參與內戰
我嘗試加入，但沒人喜歡
我為之戰鬥的一方

所以我們喝吧喝到戰爭終結
我們喝吧直到我們相見
我要站在這個角落
那裡曾經有一條大街經過

你丟下我給鍋碗瓢盆
還有一個澡缸裡的嬰兒
而且你與民兵們混得親密
你穿著他們的迷彩衣

我想這終於讓我們平等
但我想和你一起行軍
成為老紅白藍的續集中的
臨時演員

所以我們喝吧喝到戰爭終結
我們喝吧直到我們相見
我要站在這個角落
那裡曾經有一條大街經過

我今天早上為你哭過
我會再次為你哭泣
但我管不了憂愁來襲
所以不要問我何時再落淚

我知道負擔很重
當你通宵達旦承受它
有人說它空空落落
但並不意味著它很輕盈

所以我們喝吧喝到戰爭終結
我們喝吧直到我們相見
我要站在這個角落
那裡曾經有一條大街經過

馬上就要九月了
未來很多年
每一顆心都在調試
以適應嚴苛的九月之鼓

我看到了文化的幽靈
它手腕上有數字
向我們都錯過了的
某些新的結論致敬

所以我們喝吧喝到戰爭終結
我們喝吧直到我們相見
我要站在這個角落
那裡曾經有一條大街經過

我祈求獲得勇氣

現在我老了
我祈求獲得勇氣
去迎戰疾病
還有寒冷

在夜晚
我祈求獲得勇氣
去承負重擔
使它輕盈

時候到了
我祈求獲得勇氣
當苦難來臨
並開始攀升

我祈求獲得勇氣
以能在終點
見證死亡像一個朋友那樣
蒞臨

歌詞

（王天寬譯）

《藍色警報》

〈藍色警報〉

芳香在空氣中燃燒著
處處是一點點美
砲彈碎片四散；士兵臥倒
她來了，那麼近。你感覺到她
她一次又一次告訴你不要，不要
你的嘴唇被她百褶裙的邊緣劃破
藍色警報

她的幻影逼近
升起，停留，而後消失
你努力讓這慢下來，沒有用
我想這又是另一個夜晚
一切被糾結進赤裸裡
你甚至觸動了自己
你這個調情高手
藍色警報

你知道像這樣的夜晚是如何開始
你的心如何進入這樣的難題
你轉任何方向都痛
芳香在空氣中燃燒著
處處是一點點美
砲彈碎片四散；士兵臥倒
藍色警報。

她打破規則所以你能夠看到
你再狂野她都比你更狂野
你談論教條但她不會依循
她的身體有二十樓高
你努力看向別處，你努力
但你只想第一個到達那裡
藍色警報

〈最深處的門〉

無處可去　　　　　　　　　我甚至不確定
無事可說　　　　　　　　　我是否知道從哪裡出發
你將不會聽見我的聲音　　　但出發是其次
在它飄到很遠很遠之前　　　首先我們必須分開
現在我太累了　　　　　　　現在我太累了
無法再抵抗　　　　　　　　無法再抵抗
我們正話別　　　　　　　　我們正話別
在最深處的門邊　　　　　　在最深處的門邊

當我獨自一人時
你會回來我身邊
這以前發生過
它叫做回憶

我必須回到
我們開始的地方
那時我還是個女人
而你還是個男人
如果你和我一道來
我將永遠不會開始
我們打造了一個家
但屋頂坍塌了

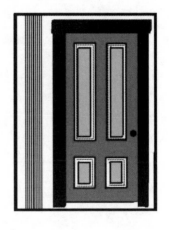

當我獨自一人時
你會回來我身邊
這以前發生過
它叫做回憶

〈金門〉

回望，向舊金山
穿著我的藍色旗袍
一件墊肩黃夾克
抽壽百年香菸

下午四點霧氣湧入
我們都記得那片海
有幾秒鐘的時間我們的罪被寬恕
我冒犯你的罪，你冒犯我的罪

別等我也別難過
忘記所有我們寫過的信
把我們的寂寞故事留給霧中號角
讓它們延續那沉重的音符

我們又點了一杯瑪格麗特
在窗邊慢慢啜飲
沒人需要印地安導師
他們只需要舊金山

我們正小心翼翼開車回家
駛下虛無飄渺的路
金門
它依舊如金
它依舊偉大
無一人喝醉
無一事挫敗

〈二分之一完美世界〉

每個夜晚她會來到我身邊
我會為她下廚，為她倒茶
那時她三十多歲
賺了點錢，和男人們住在一起

我們躺下分享彼此
在那頂白色蚊帳下
既然沒開始數算日子
我們合而為一生活了一千年

燭火燃燒
月亮下沉
光滑的山丘
溫潤的小鎮
透明的，失重的，光輝的
揭露我們兩人
在那片原始的大地上
愛自然而然，沒有壓抑
沒有束縛
二分之一完美的世界被尋得

〈夜鶯〉

我把我的小屋蓋在樹林邊
這樣我可以聽見你歌唱
歌聲甜美歌聲婉轉
而愛就整個開始了

我美好的夜鶯啊
很久以前我發現你
現在你每一首優美的歌曲都消逝了
森林圍繞著你

太陽沉入一片面紗後
就在此時你會呼喚我
那麼安息吧我的夜鶯
在你的冬青樹枝下

我美好的夜鶯啊
我住在這裡只為了靠近你
雖然你仍在某個地方歌唱著
但我再也聽不見你了

〈沒人趕得上你〉

我和一大堆男人共舞
在一場醜陋的戰爭裡搏鬥
把我的心交給一座山
但我以前從未墜入愛河
而如今我很不安當你轉身走開
我的心總在痛
穿燕尾服的男人給了我鑽石
但我以前從未墜入愛河

我永遠都在趕路
我總是路過
但你是我最初和最終的愛
沒有人，沒有人趕得上你

我住過很多城市
從巴黎到洛杉磯
我認識了窮鬼和富人
我是十足的陳腔濫調
我會顫抖當你觸碰我
我越來越想要你
我傳授慾經
但我以前從未墜入愛河

我永遠都在趕路
我總是路過
但你是我最初和最終的愛
沒有人，沒有人趕得上你

我曾經以為我深諳所有性知識
但現在我知道我的分數如何
我已經是經驗豐富的過來人
但我以前從未墜入愛河

〈從沒機會愛你〉

那停車場空蕩
他們熄滅了霓虹招牌
從這裡到聖佐維一片漆黑
徹底的一片漆黑
他們應該開給這夜晚一張罰單
超速行駛——這是犯罪
我有那麼多事要告訴你
但現在是關門時刻

我從來沒有機會愛你
像我聽說的那樣
差異有許多
但心永遠只有一個

那些記憶蒼白的回來
像是電量不足
感覺你才剛離開我
但其實是好多年前的事了
他們正疊起椅子
擦拭吧檯
我從來沒有機會告訴你
你有多美

我從來沒有機會愛你
像我聽說的那樣
差異有許多
但心永遠只有一個

不知道這是如何發生的
但我沒看到出口號誌
從這裡到聖佐維一片漆黑
徹底的一片漆黑

〈霧〉

如霧沒有留下傷痕
在墨綠色山丘上
我的身體也沒有留下傷痕
在你身上，將來也不會

當風和鷹相遇
什麼尚待留存
所以你和我相遇
於是翻身於是進入夢鄉

如許多個夜晚承受
沒有月亮也沒有星星
當其中一人走遠了
我們也承受得住嗎

〈瘋狂去愛你〉

我不得不瘋狂去愛你
不得不下到深淵裡
不得不受困於塔裡
此刻我疲於戒除

我不得不瘋狂去愛你
你從未是那個人
那個我追逐的傷心定情物
我的辮子和襯衫都解開了

有時我往高速公路邁進
我老了，鏡子不說謊
但瘋狂在很多地方躲藏
比說再會更深的地方

我不得不瘋狂去愛你
不得不讓一切墜落
不得不成為我厭惡的人
不得不誰都不是

厭倦了選擇
我已被神聖的疲勞拯救
承諾之門的鐵絲解開了
而沒人想要離開

有時我往高速公路邁進
我老了，鏡子不說謊
但瘋狂在很多地方躲藏
比說再會更深的地方

〈謝謝這支舞〉

謝謝你的這支舞
我很難過你累了
夜晚才剛開始
謝謝你的這支舞
試著帶點熱情
一二三、一二三一

我髮間有朵玫瑰
我的肩膀裸露
我已穿著這套服裝
　　　　　一輩子了
音樂大聲點
將酒杯酌滿
停留在表面上
表面很好
我們不需要走到更深的地方

謝謝你的這支舞
我聽說我們結婚了
一二三、一二三一
謝謝你的這支舞
也謝謝我懷過的寶寶
幾乎有個女兒或兒子

沒有事可做
除了去想你是否
和我一樣無望
一樣體面
我們的靈魂相連
臀部相鄰
恐慌相當
想知道是否
我們已經達成了某種
協議

它很順它很快
我一下是第一個一下是最後一個
排隊在喜悅的神殿
但那綠多麼綠
而那藍多麼藍
我多麼的我
而你多麼的你
那危機很輕
如一根羽毛

謝謝你的這支舞
它是地獄，它是天堂
它很好玩
謝謝你的每一支舞
一二三、一二三一

《老想法》

〈回家〉

我愛跟李歐納說話
他是運動員和牧羊人
他是一個活在西裝裡的懶散混蛋
活在西裝裡

但他說著我告訴他的話語
即使每一句都不受歡迎
他就是沒有自由
去拒絕

他會說這些智慧的話語
像一個聖人，有遠見的人
儘管他明白自己真的什麼都不是
只不過是一根管子短暫的華麗呈現
回家吧
沒了我的遺憾
回家吧
明天找個時間
回家吧
到一個比過往
更好的地方
回家吧
沒了我的重擔
回家吧
到簾幕後方

回家吧
沒了那件
我穿的服裝

他想寫一首情歌
一首寬恕的讚美詩
一個失敗者求生指南
一聲超越苦難的哭喊
一個活過來的祭品

但這些都不是我需要他去完成的
我要使他確信
他沒有重擔
他不需遠見
他只被允許
去做我即刻的命令
便是去說我告訴他的話語
去重複

回家吧
沒了我的遺憾
回家吧
明天找個時間
回家吧
到一個比過往
更好的地方

回家吧
沒了我的重擔
回家吧
到簾幕後方
回家吧
沒了那件
我穿的服裝

我愛跟李歐納說話
他是運動員和牧羊人
他是一個懶散的混蛋
活在西裝裡

〈阿門〉

再告訴我一次
當我去過了那條河
也已經化解了我的渴
再告訴我一次
只剩下我倆而我在聽
我聽得如此努力聽到疼痛

再告訴我一次
當我清白當我清醒時
再告訴我一次
當我已看穿恐懼
再告訴我一次
一次又一次告訴我
告訴我你要我然後
阿門

再告訴我一次
當那些受害者正歌唱
而悔恨的律法被修復
再告訴我一次
你了解我正在想什麼
但復仇是神的事

再告訴我一次
當我清白當我清醒時
再告訴我一次
當我已看穿恐懼
再告訴我一次
一次又一次告訴我
告訴我你愛我然後
阿門
阿門
阿門
阿門

再告訴我一次
當白天已經被贖回
而夜晚沒有權利開始
再試我一次
當天使們喘息著
抓著那道門要進來

再告訴我一次
當我清白當我清醒時
再告訴我一次
當我已看穿恐懼
再告訴我一次
一次又一次告訴我
告訴我你需要我然後
阿門
阿門
阿門
阿門

再告訴我一次
當屠夫的汙穢
在羔羊的血裡清洗乾淨
再告訴我一次
當文化的殘餘
已經穿過
營地的眼睛

再告訴我一次
當我清白當我清醒時
再告訴我一次
當我已看穿恐懼
再告訴我一次
一次又一次告訴我
告訴我你愛我然後
阿門
阿門
阿門
阿門

〈告訴我在哪裡〉

告訴我在哪裡
你要你的奴隸去的地方
告訴我在哪裡
我已經忘了，我不確定
告訴我在哪裡
我的頭已經垂下
告訴我在哪裡
你要你的奴隸去的地方

告訴我在哪裡
幫我把石頭推走
告訴我在哪裡
我無法獨自移動這東西
告訴我在哪裡
字詞變成人的地方
告訴我在哪裡
苦難開始的地方

麻煩來時
我保存我可以保存的
一束光
一粒子一道浪
但有那麼多鎖鏈
所以我加緊腳步
有那麼多鎖鏈
所以我像奴隸般愛你

告訴我在哪裡
你要你的奴隸去的地方
告訴我在哪裡
我已經忘了，我不確定

waiting
for his
orders

amid
the
symbols
of the
past

12/25/03

122

〈黑暗〉

我喝下你杯中之物
抓住了黑暗
我喝下你杯中之物
抓住了黑暗
我問：這會傳染嗎？
你說：就喝了吧

我喝下你杯中之物
抓住了黑暗
我喝下你杯中之物
抓住了黑暗
我問：這會傳染嗎？
你說：就喝了吧

我沒了未來
我知道，我日子不多了
當下沒有愉悅可言
只有一大堆事要做
我想過往將我延續
但黑暗也抓住過往

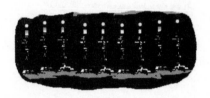

我早該看到它來了
它就在你眼睛後面
你還年輕而它正夏天
我只需要放個水
贏你很容易
但獎品是黑暗

我不抽菸不抽
我不喝酒不喝
我還沒擁有太多愛
但這都隨你使喚
嘿寶貝那是我不會錯過的
別的東西我嘗都不嘗

我曾愛過彩虹
我曾愛過風景
我愛過清晨
我會假裝它每次都是嶄新的
但寶貝我抓住了黑暗
比起得到你，我更迫切地抓住了它

123

〈無論如何〉

真遺憾真可惜
你現在對待我的方式
我知道你無法原諒我
但無論如何，原諒我吧

結局如此難堪
甚至聽你說
你從來沒愛過我
但無論如何，愛我吧

我夢見你了寶貝
你裙子半穿半裸
我知道你必須恨我
但能否恨少一點？

我用完了所有機會
你再也不會讓我回去
但問問也無傷
你能不能對我寬容點？

我赤裸我骯髒
汗水在我的額頭上
無論如何
我們兩個都有罪

對我仁慈點吧寶貝
畢竟我是懺悔了
我知道你必須恨我
但能否恨少一點？

真遺憾真可惜
我知道你無法原諒我
結局如此難堪
你從來沒愛過我

我夢見你了寶貝
我知道你必須恨我
我赤裸我骯髒
無論如何
我們兩個都有罪

對我仁慈點吧寶貝

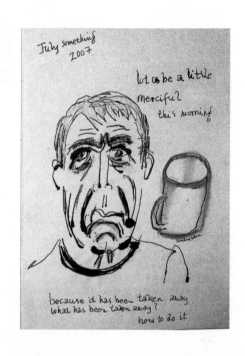

〈瘋狂去愛你〉

不得不瘋狂去愛你
不得不下到深淵裡
不得不受困於塔裡
以求戒除我的瘋狂

不得不瘋狂去愛你
你從未是那個人
那個我追逐的傷心定情物
她的辮子和襯衫都解開了

有時我往高速公路邁進
我老了，鏡子不說謊
但瘋狂在很多地方躲藏
比說再會更深的地方

不得不瘋狂去愛你
不得不讓一切墜落
不得不成為我厭惡的人
不得不誰都不是

the mirror in my room

after a photo taken by the
great painter of mood Bianca
Nixdorf Kemps Corner Hotel
2003

我厭倦了選擇
已被甜美的疲勞拯救
承諾之門的鐵絲解開了
而沒人想要離開

有時我往高速公路邁進
我老了，鏡子不說謊
但瘋狂在很多地方躲藏
比說再會更深的地方

不得不瘋狂去愛你
你從未是那個人
那個我追逐的傷心定情物
她的辮子和襯衫都解開了

〈來吧癒合〉

噢聚集起殘片
將它帶給我，就現在
對那些承諾
的芬芳
你從不敢立誓

你帶著的碎片
你拋下的十字架
來吧癒合軀體
來吧癒合心靈

讓天堂聽到
懺悔的聖歌
來吧癒合靈魂
來吧癒合四肢

看吧，仁慈之門
在變化莫測的空間
而我們沒有一個人值得
殘酷或恩惠

噢在渴望的孤寂中
愛已被禁錮
來吧癒合軀體
來吧癒合心靈

噢看吧，黑暗生成了
將光撕開
來吧癒合理智
來吧癒合情感

噢苦土掩蓋了
全心的愛
地獄的心在教導
天堂破碎的心

噢讓天堂晃動
讓大地聲明：
來吧癒合聖壇
來吧癒合名字

噢樹枝的渴望
是舉起幼苗
噢動脈的渴望
是滌淨血液

讓天堂聽到
懺悔的聖歌
來吧癒合靈魂
來吧癒合四肢

讓天堂聽到
懺悔的聖歌
來吧癒合靈魂
來吧癒合四肢

〈班鳩琴〉

某件我正看著的東西
對我意義重大
它是一把破損的斑鳩琴
在黑暗橫行的海上浮沉

不知道它如何到那裡的
或許被海浪
從某人的肩上帶走
或從某人的墳墓裡被帶出

它正為我而來親愛的
不論我去到哪
它有義務傷害我
我有義務去明白

某件我正看著的東西
對我意義重大
它是一把破損的斑鳩琴
在黑暗橫行的海上浮沉

〈搖籃曲〉

睡去寶貝睡去
白晝匆匆離去
風在樹梢間
說著玄奧的語言

如果你的心已破
我不想知道為何
如果長夜漫漫
我來幫你搖搖籃

人家說老鼠吃了麵包屑
然後貓吃了麵包皮
現在他們已相愛
彼此說著玄奧的語言

如果你的心已破
我不想知道為何
如果長夜漫漫
我來幫你搖搖籃

睡去寶貝睡去
有個早晨要來
風在樹梢間
說著玄奧的語言

如果你的心已破
我不想知道為何
如果長夜漫漫
我來幫你搖搖籃

〈站在不同邊〉

我們在無人畫下的線
的兩邊尋回自己
儘管在更高的眼中全然可能是同一
我們活著的此處它一分為二

我稱我這邊為溫順
你稱你那邊是詞語
經由受苦我聲稱贏了
你聲稱一切未曾被聽見

我們兩人都說有律法去遵循
但老實說我不喜歡你的口氣
你想要改變我做愛的方式
我想要任由它去

月亮的牽引太陽的驅動
於是海洋被橫越
海水被祝福當一個幽靈訪客
為迷失之人點燃一束光

我們兩人都說有律法去遵循
但老實說我不喜歡你的口氣
你想要改變我做愛的方式
我想要任由它去

在溪谷裡飢荒持續
飢荒爬上山丘
我說著你不該你不能你不會
你說你應當你一定會

我們兩人都說有律法去遵循
但老實說我不喜歡你的口氣
你想要改變我做愛的方式
我想要任由它去

你想要住在苦難之地
我想要出走
來吧寶貝給我一個吻
不要再什麼都寫下來

我們兩人都說有律法去遵循
但老實說我不喜歡你的口氣
你想要改變我做愛的方式
我想要任由它去

我們兩人都說有律法去遵循
但老實說我不喜歡你的口氣
你想要改變我做愛的方式
我想要任由它去

《大眾問題》

〈慢〉

我讓調子慢一點再慢一點
我從來不喜歡調子快
你想快速到達
我想最後才到

這不是因為我老了
這不是我過生活的方式
我總是喜歡慢調
這是我媽媽說的

我繫緊鞋帶
但我不想奔跑
當我來這裡我就來了
不需要鳴槍

這不是因為我老了
也不是因為我快死了
我總是喜歡慢調
慢在我的血液裡

我總是喜歡慢調
我從來不喜歡調子快
你要的是往前衝
我要的是繼續下去

這不是因為我老了
不是因為我死了
我總是喜歡慢調
這是我媽媽說的

你每個步伐都很快
你一個轉身接一個轉身
讓我喘口氣吧
我想我們還有一整晚的時間

我喜歡慢慢來當時間飛逝
一整個周末我喜歡
在你唇間消磨
一輩子在你眼裡盤旋

我總是喜歡慢調
我從來不喜歡調子快
你要的是往前衝
我要的是繼續下去

這不是因為我老了
這不是我過生活的方式
我總是喜歡慢調
這是我媽媽說的

我讓調子慢一點再慢一點
我從來不喜歡調子快
你想快速到達
我想最後才到

所以寶貝讓我走吧
有人需要你回到城裡
萬一他們想知道怎麼了
我只是試著讓它慢下來

〈幾乎像一首藍調〉

我眼看一些人挨餓
有人被謀殺有人被強暴
他們的小村燃燒著
他們試圖逃離不斷逃離
我無法接觸他們的目光
我盯著我的鞋
這真酸楚這真悲慘
這幾乎像一首藍調

在每個殺人的念頭間
我得死去一點點
而當我跑完這些念頭
我必得死去更多
有人被折磨有人被殺戮
我有一切壞回憶
那場仗，那些失蹤的孩子
主啊，這幾乎像一首藍調

我讓心凍結
以防我的心腐爛
我父親說我是天選的
我母親說我不是
我聽著他們的
吉普賽故事猶太故事
故事好聽，不無聊
幾乎像一首藍調

上面沒有神
下面沒有地獄
偉大的教授說
一切的一切我們只需知道這點
但我已經有了
罪人無法拒絕的邀請
它幾乎像是救贖
它幾乎像一首藍調

〈參孫在紐奧良〉

你說過你和我一起
你說過你是我的朋友
你真的愛過這座城市
或你僅是假裝

你說過你愛她的祕密
和她隱匿的自由
她比美國更好
我聽你說過

你說這是如何發生的
你說這怎麼可以
在苦難之橋上
一切遺跡受辱

而我們這些在深淵裡
哭求慈悲的人
我們的祈禱
　　該死地一文不值嗎？
聖子拒絕聆聽

那就將殺手們聚在一起
讓所有人在城裡
將我立在樑柱間
讓我把神廟
　　推倒

王如此善良莊嚴
他頭戴血王冠
那就將我立在柱子旁
讓我把神廟
　　推倒

你說這是如何發生的
你說這怎麼可以

枷鎖從天堂離開
風暴狂野自由

真實無疑
有其他方法回應
可我，被死亡
　和憤怒蒙蔽
沒有餘地給你們

窗戶裡
　有個女人
浮華城裡有張床
結束之時我會寫信給你
讓我把神廟
　推倒

139

〈街道〉

我過去是你最愛的酒鬼
可讓你再大笑一回
然後我們雙雙用完了運氣
運氣曾是我們僅有的

你穿上軍服
去打內戰
你多麼好看
我不在意你為哪邊而戰

看你起身走開
並不容易
但我會為另一個下雨天
留起這小故事

我知道負擔甚重
當你推著它穿過夜晚
有些人說它是空的
但不表示它很輕

你把我留給碗盤
和澡盆裡的寶寶
你穿上迷彩服
和民兵站在一起

你總說我們是平等的
所以讓我和你一起去遊行
邁向那面老舊的紅白藍
不過是續集裡多出的一章

寶貝別不理我
我們是菸友我們是朋友
忘掉那背叛和復仇
的疲累故事吧

我看見文化精靈
他手腕上有許多號碼
向一些新的結局致敬
那些我們錯過的結局

這個早晨我為你哭過
我會再次為你而哭
但請不要問我何時
我管不了悲傷

也許有酒和玫瑰吧

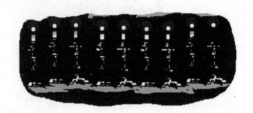

〈我曾愛過你嗎〉

我曾愛過你嗎
我曾需要你嗎
我曾抗拒你嗎
我曾想過嗎

我曾離開你嗎
我曾做得到嗎
我們是否仍舊
越過古老的桌子相倚

我曾愛過你嗎
我曾需要你嗎
我曾抗拒你嗎
我曾想過嗎

我曾離開你嗎
我曾做得到嗎
我們是否仍舊
越過古老的桌子相倚

它平靜過嗎
它結束過嗎
回到十一月
它仍舊下著雨嗎

檸檬樹開花
杏仁樹枯萎
我當過那個
可以永遠愛你的人嗎

它平靜過嗎
它結束過嗎
回到十一月
它仍舊下著雨嗎

檸檬樹開花
杏仁樹枯萎
它是春天它是夏天
它是永遠的冬天

我曾愛過你嗎
這真的重要嗎
我曾抗拒你嗎
你無須回答

我曾離開你嗎
我曾做得到嗎
我們是否仍舊
越過古老的桌子相倚

我曾愛過你嗎
我曾需要你嗎
我曾抗拒你嗎
我曾想過嗎

我曾離開你嗎
我曾做得到嗎
我們是否仍舊
越過古老的桌子相倚

〈我的天我的天〉

愛上你並非難事
試都不用試
愛上你並非難事
試都不用試
才抱了你一下下
哦我的天我的天

載你去車站
也從不過問
載你去車站
也從不過問
才抱了你一下下
哦我的天我的天

男孩們不斷揮手
想吸引你的目光
男孩們不斷揮手
想吸引你的目光
才抱了你一下下
哦我的天我的天

愛上你並非難事
試都不用試
愛上你並非難事
試都不用試
才抱了你一下下
哦我的天我的天

〈算了吧〉

戰爭輸了
條約簽了
我沒被抓
我穿過邊界

雖然很多人試過
但我沒被抓
我偽裝得很好
活在你們之間

我得將過往
生活拋下
我挖了一些墳墓
你們永遠找不到

這故事用事實
和謊言述說
我有過名字
但算了吧

算了吧
算了吧
戰爭輸了
條約簽了

有尚存的真理
和死去的真理
我無法區別
那就算了吧

你們的勝利
是如此全面
你們有些人
以為保得住

a dreadful night
visited by the dear ghosts
of my favourite lovers
all of them
at their most skillful
and insistent persuasions

我們微小生活的　　　　　沒有必要
一段紀錄　　　　　　　　使之倖存
我們穿過的衣服　　　　　有尚存的真理
我們的湯匙刀具　　　　　和死去的真理

我們士兵玩的　　　　　　算了吧
幸運遊戲　　　　　　　　算了吧
我們刻的石頭　　　　　　我過生活
我們作的歌　　　　　　　我拋下它

我們的和平法　　　　　　有尚存的真理
它理解　　　　　　　　　和死去的真理
丈夫領導　　　　　　　　我無法區別
妻子號令　　　　　　　　那就算了吧

而所有這種　　　　　　　我無法殺生
甜蜜漠然　　　　　　　　像你那般殺生
的表現　　　　　　　　　我無法去恨
有人稱之愛　　　　　　　我試過而我失敗

上天的漠然　　　　　　　你要同化我
有人稱之命運　　　　　　至少你試過了
但我們有　　　　　　　　你和他們站在一起
更親密的名號　　　　　　那些你鄙視的人

名號如此深奧　　　　　　這曾是你的心
名號如此真確　　　　　　蒼蠅成群
它們於我如血　　　　　　這曾是你的嘴
它們於你如土　　　　　　盛滿謊言

146

你盡心服侍他們
我不意外
你是他們的親人
你是他們那類人

算了吧
算了吧
這故事講罷
有事實也有假話
你擁有了世界
所以算了吧

算了吧
算了吧
我過生活
我拋下它

我活得很充沛
我活得很寬廣
穿過時間的斷層
你分不開它們

我的女人在這兒
我的孩子也在
他們的墳墓
不會被你們這種鬼魂騷擾

在深深的地裡
樹根糾纏處
我過生活
我拋下它

〈生在枷鎖裡〉

我生在枷鎖裡
但我被帶出埃及
我被綁在巨石上
但巨石被舉起
主，我再也不能
保守這個祕密
祝福那名字
稱頌那名字

我逃到巨大的
傷心海邊緣
我被騎士追捕
他們來自殘酷黑暗的王權
但海水分開了
我的靈魂穿越而過
離開埃及
離開法老之夢

字中之字
方法中的方法
被祝福的名字
被稱頌的名字
用燃燒的字母
寫在我心上
我只知道這些
讀不了其餘的字

當我聽說我對你有用
我便不顧我的靈魂
我緊緊跟隨
我的生活一成不變
但當你向我展示
你被傷害的地方
每個原子都受損
其名破碎

我獨自行走在路上
你的愛如此令人困惑
我所有導師都教我
我只能怪我自己
但在肉慾幻想的
支配下
甜蜜的無知
統一那名字

字中之字
方法中的方法
被祝福的名字
被稱頌的名字
用燃燒的字母
寫在我心上
我只知道這些
讀不了其餘的字

我聽說在渴望之屋裡
靈魂會顯露
在錘鑄的杯中
苦酒會變甜
但所有夜之階梯
已崩塌
只有此刻的黑暗
將渴望舉起

〈你要我歌唱〉

你要我歌唱
即使壞消息來了
你要我歌唱
我唯一擁有過的歌
你要我歌唱
從河流死去那天
你要我去想
我們可以躲藏何處
你要我歌唱
即使世界消亡了
你要我去想
我樂意繼續下去
你要我歌唱
即使一切無望
你要我歌唱
聖歌哈利路亞
你要我歌唱
像監獄裡的囚犯
你要我歌唱
像我信中的歉意
你要我許願
我們微小的愛會持續
你要我思考
像過往的人那樣

《你要它暗一點》

〈你要它暗一點〉

如果你是莊家
我要離開賭局
如果你是治療者
我就破損跛腳
如果榮耀屬於你
那恥辱必定屬於我
你要它暗一點
我們滅掉那火焰

被放大的被神聖化的
是你的聖名
被毀謗的被釘在十字架上的
是你凡人的軀殼
一百萬支燭火燃燒
為了從未來臨的救助
你要它暗一點
我們滅掉那火焰

我在這裡 我在這裡
主啊，我準備好了

有一個愛人在故事裡
但那故事仍千篇一律
有一首搖籃曲安撫苦難
有一個悖論可責怪
但這被寫進聖經裡
不是某個無用的主張
你要它暗一點
我們滅掉那火焰

他們將囚犯列隊
守衛舉槍瞄準
我對抗過魔鬼
他們是溫馴的中產階級
那時不知道我獲得允許

去謀殺去殘害
你要它暗一點
我們滅掉那火焰

我在這裡 我在這裡
主啊，我準備好了

被放大的被神聖化的
是你的聖名
被毀謗的被釘在十字架上的
是你凡人的軀殼
一百萬支燭火燃燒
為了從未來臨的愛
你要它暗一點
我們滅掉那火焰

如果你是莊家
我要退出賭局
如果你是治療者
我就破損跛腳
如果榮耀屬於你
那恥辱必定屬於我
你要它暗一點
我們滅掉那火焰

我在這裡 我在這裡
主啊，我準備好了

everything will
        come back
in the wrong light
completely
        misunderstood
and I will be seen
as the man
I devoted much of
        my life
to not being

2/4/03

〈條約〉

我看過你將水變成酒
也看過你將它變回水
我每晚坐在你桌邊
我努力但我就是無法和你一起嗨

我希望我們有過一份條約
我不在乎誰佔領這浴血山頭
我很憤怒我很疲倦總是這樣
我希望有過一份條約
我希望有過一份條約
在你的愛和我的愛之間

他們正在街上跳舞——這是五十年節（註）
我們為愛出賣自己但現在我們自由了
很抱歉我讓你成為了鬼魂
我們兩人只有一個存在過，那是我

你離去後我還沒說過一句話
任何騙子也不能開口
我只是無法相信靜止就這樣來臨了
你曾是我的大地，我的無恙
你是我的妄想

土地大聲呼喊著——這是五十年節
我們為愛出賣自己但現在我們自由了
很抱歉我讓你成為了鬼魂
我們兩人只有一個存在過，那是我

我聽說蛇被他的罪困擾
他蛻下他的鱗片發現裡面還是一條蛇
重生是無殼的重生
毒液進入每一物

我希望我們有過一份條約
我不在乎誰佔領這浴血山頭
我很憤怒我很疲倦總是這樣
我希望有過一份條約
我希望有過一份條約
在你的愛和我的愛之間

我希望我們有過一份條約
我不在乎誰佔領這浴血山頭
我很憤怒我很疲倦總是這樣
我希望有過一份條約
我希望有過一份條約
在你的愛和我的愛之間

譯註：猶太教的「五十年節」，原文 Jubilee，慶
祝希伯來奴隸解放的節慶。

〈真誠〉

我知道它是錯的
我沒懷疑過
我渴望回家
而你正出發

我說我最好繼續前進
你說，我們還有一整天
你對我微笑好像我還年輕
它讓我不能呼吸

你令人瘋狂的香氣四溢
你所有祕密都在可見之處
我的失落，我的失落說著被找到了
我的不可做說著去做吧

讓它保持真誠
當我從你身邊走開
我背對魔鬼
我也背對了天使

他們應當給我的心一枚勳章
因為我放掉了你
當我背對魔鬼
我也背對了天使

現在我生活在這座寺廟
這裡他們告訴你去做什麼
我老了而我必須決定
一個不同的觀點

我和誘惑作戰
但我不想贏
像我這樣的男人不愛看見
誘惑崩塌

你令人瘋狂的香氣四溢
你所有祕密都在可見之處
我的失落，我的失落說著被找到了
我的不可做說著去做吧

讓它保持真誠
當我從你身邊走開
我背對魔鬼
我也背對了天使

他們應當給我的心一枚勳章
因為我放掉了你
當我背對魔鬼
我也背對了天使

〈離開牌桌〉

我要離開牌桌
我要退出賭局
我不認識
在你畫框中的人
如果我曾愛過你
是糟透的恥辱
如果我曾愛過你
如果我曾知道你的名字

你不需要律師
我沒要求什麼
你不需要投降
我沒瞄準你
我不需要愛人
陰暗的野獸已馴服
我不需要愛人
所以吹熄火焰吧

無人缺席
沒有獎賞
漸漸地
我們剪斷那條線
我們散盡的財富
愛供應不起
我知道你能感受它
那回復的甜蜜

我不需要一個理由
為我的改變
我已經有這些藉口
它們疲憊無力
我不需要一個寬恕
無人可供責怪
我要離開牌桌
我要退出賭局

〈如果我沒有你的愛〉

如果太陽失去了它的光
我們活在無盡的夜晚
什麼也沒有留下
讓你去感受
這個世界對我而言
就會是這麼一回事
如果我沒有你的愛
讓它成真

如果星星全部被取下
一道寒冷苦澀的風
掠奪了世界
沒有一絲痕跡
好吧這就是我要待的地方
我的生命對我而言似乎如此
如果我無法掀開面紗
看見你的臉

如果樹上沒有葉子
海洋也沒有水
一天的破曉
什麼也沒揭露
我將會這般破碎
我的生命對我而言似乎如此
如果我沒有你的愛
讓它成真

如果太陽失去了它的光
我們活在無盡的夜晚
什麼也沒有留下
讓你去感受
如果海洋只是沙
花是石頭製成
沒有一個你傷害過的人
能被治癒

我將會這般破碎
我的生命對我而言似乎如此
如果我沒有你的愛
讓它成真

〈輕裝上路〉

我輕裝上路
再會了
我一度如此明亮的
我墜落的星星

我來遲了
酒吧要關了
我常來彈奏
一把普通的吉他

我想我只是
一個
已然放棄
那個我和你的人
我不孤單
我遇見一些人
輕裝上路
像曾經的我們

晚安 晚安
我墜落的星星
我想你是對的
你總是對的

我知道你是對的
關於那首藍調
你過的生活
你絕不會選

162

我只是一個傻子
一個做夢者
忘了去夢見
那個我和你
我不孤單
我遇見一些人

this is
the the
end of
it!

輕裝上路
像曾經的我們
輕裝上路
再會了
我一度如此明亮的
我墜落的星星

我來遲了
酒吧要關了
我常來彈奏
一把普通的吉他

我想我只是
一個
已然放棄
那個我和你的人
我不孤單
我遇見一些人
輕裝上路
像曾經的我們

但如果那條路
指向你
我必得遺忘
我知道的事
當時我和
一兩個人友好
輕裝上路
像曾經的我們
我輕裝上路

〈似乎是更好的方式〉

這似乎是更好的方式
當我第一次聽他談論
但如今為時太晚
無法把左臉也轉給他（註）

聽起來像是真理
看起來是更好的方式
聽起來像是真理
但今天它並非真理

我想知道這是什麼
我想知道這有什麼意義
起初他提及愛
但接著他提及死

我最好保持緘默
我最好準備入座
舉起這杯聖血
試著讚頌恩典

譯註：馬太福音 5:39「有人打你的右臉，連左臉
　　　也轉過來由他打」

〈引領你的路〉

引領你的路穿過聖壇和購物中心的殘垣
引領你的路穿過創生和墜落的寓言
引領你的路行經從腐爛中崛起的宮殿
年復一年
月復一月
日復一日
思想累積思想

引領你的心越過你昨日信仰的真理
諸如基本的善行及習俗的智慧
引領你的心，珍貴的心，越過那些你買來的女人
年復一年
月復一月
日復一日
思想累積思想

引領你的路穿過痛苦，它遠比你更真實
它粉碎了宇宙的模型，它遮蔽了每一個視野
請不要驅使我去那裡，不論那裡有一個神或沒有
年復一年
月復一月
日復一日
思想累積思想

他們仍低語著，那些受害的石頭，那些磨鈍的山峰哭泣
當他以死使人們聖潔，讓我們以死使事物廉價
然後承認，你也許已經遺忘的「我罪」（註）
年復一年
月復一月
日復一日
思想累積思想

165

引領你的路，我的心啊，儘管我沒有權利請求
對一個從未，從未勝任這項任務的人而言
他知道他已被定罪，他知道他將被槍決

年復一年
月復一月
日復一日
思想累積思想

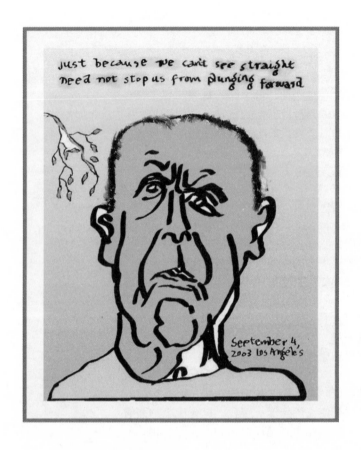

譯註:原文為拉丁語 Mea Culpa,意謂「是我的
　　　過錯、罪皆在我」,神學著作中通常譯作
　　　「我罪」。

李歐納和彼得

彼得‧戴爾‧史考特（生於 1929 年），一個詩人和學者，是加州大學柏克萊分校榮譽退休教授。他是加拿大詩人 F.R. 史考特的兒子，F.R. 史考特是柯恩在麥基爾大學的指導老師。史考特曾寄給柯恩一本他最新出版的詩集《行走黑暗之上》的題字本。他們隨後的電郵往來紀錄如下，由史考特提供。最後一則訊息承蒙瑞貝卡‧德‧莫妮提供。

李歐納（引自《你要它暗一點》，2016 年 9 月 21 日）：

你要它暗一點／我們滅掉那火焰……

彼得（《行走黑暗之上》書中題字，2016 年 10 月 1 日）：

如果「你要它暗一點」
這本書就不是寫給你的
我總是要它亮一點
而我想神也是如此

李歐納（2016 年 10 月 3 日）：

誰說「我」要它暗一點？
誰說那個「你」是指「我」？
神拯救你在你的港口裡
而數百萬人死於海上

你和神是好哥們
現在你知道他的願望了
這位是破碎的約伯渾身是血
他見過他額頭對額頭

有一個聲音如此強大
如此容易被忽略
聽到的人可能恨它全部
但卻字字遵從

如果你尚未被要求

蹲在死者上方
你應慶幸你是聾人
而不是更糟的什麼人

他會讓它暗一點
他會讓它亮一點
取決於他的律法書
李歐納沒有寫此書

彼得（2016 年 10 月 4 日）：

誰說我知道神的願望？
我沒額頭對額頭見過
從來沒有機會瞥他一眼
也沒希望過到現在

但我們這些在港口被高舉的人
當其他人因戰爭而焚燒時
一直有自由去選擇哪個聲音
來形塑我們之所以為我們

李歐納（2016 年 10 月 4 日）：

這太好玩了。
祝好，親愛的朋友。
滿滿的愛，
埃利澤

李歐納（2016 年 11 月 6 日下午三點，收到一張彼得和索菲亞‧德‧
莫內－歐尼爾的照片的回應）：

和平使者是有福之人：因為他們將被稱作神的孩子。

筆記選集

（王天寬 譯）

但年代久遠

這一切早已過去
當時我有一份正當職業
而安妮還叫我親愛的

***

我不想迎接晨光
用我這像是
　夜晚的心靈
慈悲那些陰影
愛上陰影的陰影

***

某天你將墜入
一個狂野的擁抱
一個轉向的人
所以你無法看見他的臉

你將不認識自己
你將不認識他人
在一個如此狂野的愛中
沒有人可認識

他不會現身你眼前
他不會在你心裡面
心將沒有邊界
軀殼將沒有範圍

他不在你眼前
不在你心裡面
心沒有邊界
軀殼沒有範圍

173

***

當我們分離
而月亮圓滿

我的渴望
把你的雙手
畫在滿月上

假如你借燭光讀此
一如它被寫下
假如你獨處一室
一如我
你就會知道我愛你
親愛而遙遠的妻

***

無定形的恐龍

渾然不知我們嚴苛的評判
恐龍在星星上吃草
在夜晚的草原
我沒有遺憾

我忽視了你好久
但我忽視我自己更久

今夜永遠不會結束
早晨會將它洗盡
以陽光和紛擾

我沒有遺憾
星星在今夜太過黯淡

我沒有遺憾
因為恐龍
在星星上吃草

在夜晚的草原

***

我愛過我的朋友
我會和他們聊天
幾個小時又幾個小時

然後我開始
想要變得美麗
然後我變成
仇恨別人的美麗

提醒你
一個怪物
並不永遠美麗

***

而這裡有個聲音
我已經傾聽了
好一陣子
它說：神啊，我愛你
它說：孩子，我也愛你

***

2000 年 5 月 17 日星期三

謝謝你撩起了我
用你對性和男人的恨意
還有你昏醉的吻
它們就像某人
試圖生吃我的聲音
像吃生蠔

那些西藏神話故事

關於裝在一個新布袋裡
歸來
去完成你的晚餐

我想要你直到盡頭
直到悲慘的盡頭
你的氣息像停屍間
你的肌肉下垂
你的汁液消亡
我仍舊篩選著
你無聊的對話
尋找跡象，尋找暗示
你還曾想過我
帶著渴望
然後什麼也沒找到

謝謝你海瑟
謝謝你撩起了我

而一會後我放棄
去努力滿足你
我只是想將它插入
任何情境裡

自尊、溫柔
每一張面具都被撕破
就只是一種獨臂的飢餓
謝謝你撩起了我
只想在你裡面
只想知道
為了一丁點的丈量
顯示我們
曾共存在這個世界
謝謝你，我的愛
謝謝你將我關閉
也謝謝你開啟了我

我謝謝那個無名者
我也謝謝那許多的無名者

***

洛杉磯
2000 年 8 月 5 日 [？]，星期五

那時我要你愛我
那時我需要你愛我
那時我必須有你愛我
但我到底要什麼
或我到底要誰
我仍然沒有一絲線索
除了當時我很寂寞
而當時只有你在

***

2000 年，8 月 7 日，星期日，上午 9 點

如果他們從不比賽
他們怎能知道分數
別去維斯蒙車站了
那些火車都不開了

東京的子彈列車
單軌列車
法國高速列車
他們會讓你明白
 交通是用來做什麼的
但別去維斯蒙車站了
那些老火車都不開了

那些你父親知道的故事

***

[]年，8月11日，星期五

我帶了悲傷來找你
我還許諾明天帶更多
你說，帶麵包來找我
我說，主，我是被害者
我無法謀生
因此你才會把我和死者一起僱用

***

她愛過我
　我只是引述她的話
她現在走了
　我感到安靜多了
沒有美人
　但這也讓我此刻
不孤單了

***

他沒有鮑嘉那麼瘦
或艾倫·拉德那麼矮
但他的歌將會永存
有些已經是了

我本可以成為黑桃 A
假如我只是黑色
我本可以成為和平王子
但耶穌就要回來了
我本可以成為美人皇后
但我有太多毛髮
我本可以站在摩西站的地方
但他就站在那裡
我本可以成為百萬富翁
但錢毀了我的人生

我本可以成為大師［？］
我沒想要你的老婆

作為孩子我有過夢想
我將以最高的名義說話
然後召集許多破碎（高貴）的心
回家［？］
而我卻被審判
被那些比我更會說甜蜜語言的人
而我卻被審判
他們的苦難使他們瘖啞
判決是：沉默，孩子
在男人的世界沉默
噢酸苦的沉默我憋著
而預兆把吉普賽人燒成［？］塵土
鐵絲削倒了（忠誠於）（寡婦）的騎士
每個神聖的字都被轉向
去服侍貪婪和靜默的心
噢酸苦的沉默，酸苦的平靜我散播
當每一個靈魂（法律）被溺死
在有毒的潮汐之下而此刻邪惡
可憎之人崛起去統治和規範
靈魂該如何呼吸
而判決依然是
沉默，孩子，你太軟弱了（你太富有了）
你太年輕

而這世界到來，還有男人如你和我，牙中有金，金在味道中，金在腦海裡，偉大的沉默冠軍隊伍來了，空虛的傳教士，有人說，而有人說什麼也不剩，什麼也不來，在人的世界就做個人吧，平靜，平靜，而在我內心我恨這種巨大的寧靜暴政。我沒聽到那道判決，我愛上了每一個愛上我的人。

***

簡單的歌
　人人都在唱

而有人說
　為我們唱「為失敗而生」
於是赫索拿起
　他女兒的烏克麗麗
於是大家傾聽
　那些消息

簡單的歌人人都在唱
我很快就忘記它們我讓它們走
寂寞之人的聖歌和禱詞

***

它將會像這樣
坐在幾內亞的酒吧
或是蘇黎世
我總是分不清
卡羅萊納，卡羅萊納
我總是分不清

橋
　它是個好地方
　他們也不介意你在這兒抽菸

每個人都在抽菸和喝酒
在日內瓦或蘇黎世
卡羅萊納，卡羅萊納
我們到底
　還會再相聚嗎
有時我想會
　有時我想不會
今晚我想我不會認為
　我想我不認為會
卡羅萊納，卡羅萊納
　在蘇黎世或日內瓦

我不認為我們終將

再次相聚

***

這一次，寶貝，我想要月亮
想要彩虹送來
那寶藏就現在來，不要遲，不必快
如果下雨，那雨得是銀
得躺在我愛人的臂彎裡聽
別處都不行。我全要了，
所有該死的十字架，不能只是刺。
我不僅要踢，我要那顆球
而假如它非得是石頭，那我要牆

拿走我的手套
拿走我的頭盔
拿走我的腰帶
我的點 45 手槍
我不需要它們
在我將去的地方

你不必再說話了
你可以休息一陣子
那裡沒有語言
　　　在你將去的地方

噢我的父親們
我已經聽進
你們在空中
的耳語
我已經聽到你們
講了一上午
午夜，我也已經
聽到你的禱告

拿走我的刀
我的銀彈

拿走我身邊
的女人
我不能擁有她
我甚至不能
告訴她為什麼
我要去那地方

***

所有那些破碎的心
你一直都不去阻止
當它開始發生

***

寶貝，我不能述說（談論）
那數十萬的黑暗
那四處去堅稱
它們是我的心
我可以談論天氣
我不認為將會下雨
但如果你問我我好嗎：
我不能抱怨

你可以說
　這一切已被寫下
但我讀不了這訊息
單單它說的愛就讓我分心
從這一刻到下一刻

我從未見過這麼新的日子
綠的這麼綠，藍的這麼藍
而你失去的一切
只讓你重獲新生

我試著創造一個歡樂的現在

海洋肯定會開啟她的唇
因為寡婦在注視

夜晚時光肯定會
　再產出另一首歌
海洋肯定
　會讓男人免於溺斃
寡婦肯定
　會再給一次機會
給一直在注視所有船的
　那個寡婦
晨光肯定
　會讓男人回來
然後野狼走回
　　　　月光裡
月光肯定
　　會捧住另一張臉

愛的心被掩蓋
　操勞的心也是
沒有別人
　　　沒有其他事物
只有你能除掉灰塵

所有我叔叔和我朋友們
的壞榜樣
我仍舊無法抗衡它
或撥亂甚至修正它
我甚至不知道
我有做過什麼

現在鮑比把他的身體
　留在一間香港旅店裡
他甚至從未告訴我們到哪裡
　去找它

我正在尋找那根針

我四處找
那根我很久以前慣常用來縫補
我的花色外套的針
我遺失許久的外套

我已等了
　許多年了
等一個氣候
　像這樣
等一道寒冷
　像此刻如此鮮明
以致根本沒有人
　談起春天

清晨的船來了
傍晚的火車來了
瑪麗安來了
再次來說再會

***

雅典　國際，C　7月30日

前天晚上一場夢
一個兇猛的神穿過門來
幾乎把門撞破
我的房子是個易碎品

***

2008年9月17日

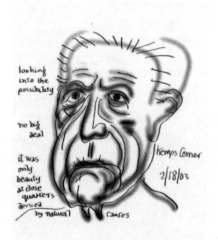

你們這些已經落到
被完全鄙視的人們
你們的口袋深又滿
你們卻活在債務中

然後死於那個
謀殺了你的（心）自尊的文化
你翻閱群經精挑細選
好到某處躲藏

***

10 月 16 日

沒有什麼好說的
我所有的預言
即將成真
我老了
我的工作已結束
然後你開始
為我解開衣服
在 Skype 上
而我必須再次
思考我的人生
它是一間好旅館
厚重雙層窗簾
在一天任何時刻
將房間封入黑暗
我躺在我的（那張）床上
閒度我的時光
想著她（你）
彷彿（我正）冥想著

***

日內瓦 更衣室 2008 年 10 月 26 日

幾個晚上以前
在夢中
你說：「一起來
去陽光海灘」
我以為你是指

「就我和你」
但結果是
你帶著一個帥氣的年輕人

名叫柯蘭
而我，如你所說
歡迎「一起來」

而就是那樣了

***

夢 布萊頓 11 月 28 日 [?]

湯姆・威茲在唱歌——我聽他唱
我在一間劇院——我已經給一大群觀眾
表演完了
我的演出很順利——我無法
看到他——我在我的更衣
室——但我聽得到他——
他的音樂開始——如此
美麗、原創而精巧——遠遠好過
我的音樂——揉雜了一些
粗暴和甜美
現代和抒情全部
一起呈現——連媚俗都運用得
如此有技巧——我希望我
也能做到——然後他
開始唱歌——唱得多好——
我走下去聽他唱
預期有一大群
狂熱的粉絲——但他
正在一間半滿的小劇院
歌唱——一間好像
完工之後剩餘空間打造的
劇院——我們一起離開
他的手臂環繞

我的肩膀——他看起來
很好——有點疲倦——
有點蒼老——但完全的
自在

***

我給了你我的孩子
你說他們餓著肚子
於是我給你我的刀子
以及我正切開的肉

昔日我唱古樂
現在我唱老歌
昔日我唱聖歌
現在我唱樣板歌

老人把他們的長襪拉高
在床上坐著
我需要他們在我的山上
我需要他們放空的腦袋

去年你夢過
今年你殺過
而現在你是統治者
在你意志下的王國

你的愛旅行到很多城鎮
你要她也去那些城鎮
既然是你自己要她去的
就沒什麼好感傷的了

還有，未來的情人們
我知道我做了什麼
我正盯著機槍的
瞄準鏡
是的，寶貝

你是紅心皇后

你拿走我的戒指
將它丟進垃圾裡
從此我一直
在垃圾裡翻找
如果某天你發現自己
站在這城市的垃圾場
你將發現它蓋滿
我的指印

你的黑色西裝
在我眼中閃耀
像甘草

當你崩潰之後
你將找到我
你將發現我跪了下來
第五大道曾是一條印地安小徑
一整片的樹
這是你要的方式嗎
你選擇像這樣殞落嗎
如此不莊嚴

在這休息一下，流浪者
我去過此刻是夏天的地方
你髮中的冰晶透露了
你的路途行經冬天

在她電影上的刮痕
像孩子畫下的雨水
為了自己對自己微笑
她自身的歷史
她自己的祖母
　記起她嘴裡
　不會腐爛的客套話
在 1967 年

你拿走我的愛
　將它丟進垃圾桶
從此我一直在
　柳橙皮堆裡翻找
如果某天你恰巧
　來到這城市的垃圾場
你將發現它蓋滿
我的指印

***

星期六早上
葉子正閃耀
而我小小的疾病
正爬上門柄

星期六早上
莫斯科的廢墟
和它的黑水泥
正侵蝕我的工作

星期六早上
我坐在桌邊
我在那裡寫下
〈歌之塔〉

星期六早上
我一事無成
無成

沒什麼不對
我所有的祕密
都告訴了枕頭
像一個青少女
在一首摩城風的歌裡

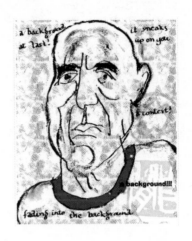

而我燃燒著
我燃燒著追隨
我的祕密
到死亡之城
就在城郊上

星期六早上
我說了什麼
在鳥兒
打斷我的思緒以前
我想起了
西敏寺的一個房間
　　　房間

有一個來自地獄的女人
她以為她很熱

星期六早上
我（你）能夠等多久
當很明顯地
你正餵養你的恐懼
並且你愛著
所有你恨的。

星期六早上
在那扇美妙的窗戶裡
那些棕櫚樹
逗弄著風

星期六早上
別放棄你的勇氣
就吐氣吧
然後最糟的將會結束
但看啊它又來了

我寫在那本
你給我的書上

我很高興我們從未
做愛

Saturday Morning
and the leaves are shining
and my small disease
is climbing the knot
Saturday Morning
and the ruins of Moscow
and the dark cement
is getting my job
Saturday Morning
and I'm sitting at the table
where I wrote
The Tower of Song
Saturday Morning
and I got nothing going
nothing going

nothing is lovely
All my secrets
I've told to the pillow
like a teenage girl
in a Motown song
And I'm burning
I'm burning to follow
my secrets
to the City of Death
on the outskirts of town
Saturday Morning
what was I saying
before the birds
interrupted my thought
I was thinking
of a room in Westminster
    room

with a woman from Hell
who thought she was hot
Saturday Morning
how long can I wait
when it's clear that
you're serving your terror
and you're loving
all that you hate.
Saturday Morning
by the wonderful window
where the palm trees
tickle the wind
Saturday morning
don't give up your courage
just breathe
and the worst will be over
but look it's coming again

***

我拿了大頭針穿過你的足印
要使你跟蹌而昏倒
我用一個細節將它覆蓋
一個來自某人老掉牙的蜜月細節

沒人叫你誰叫你呢
沒人叫你除了我
沒人要你誰要你呢
沒人要你除了我

我跟大海一起迷失在殼裡
我被鎖進一個古老的蜜月裡
你拿了大頭針穿過我的足印
你哼著曲調緊追在我後面

我已駕著殼穿過海洋
我被鎖進一個古老的蜜月裡
我留了一些雨水在你的足印裡

你給了我那些話語和曲調

迷失在我開始讓我自己
變成一根骨頭的咒語裡
鎖進一個充滿細節的房間裡
某人老掉牙的蜜月細節

迷失在我開始讓我自己
變成一根骨頭的咒語裡
你知道我只是眾人裡的一位
我希望你不會把我想成唯一

沒人要你誰要你呢
沒人要你除了我
月亮尾隨你,親愛的
它已從海上飄盪離開

***

而我的心啊
我孤寂的心
多甜美
多甜美你唱著

我知道你那時
說著謊
但我從不

當面拆穿你

我告訴我的兄弟
　　　我聽到的
他就哭泣了
我告訴我的姊妹她就低語
「噓，寶寶在睡覺」
我告訴主的天使們
他們用光籠罩我
我告訴我的心，我的心這樣說：
「今晚平靜地陪著我。」

***

2005 年 10 月 10 日

把我從你整個歷史裡刪除吧
這我可以接受

我像氣候一樣有耐心
要我變化我才變

謝謝你
你優雅的熱情款待
我的心亮了起來

當我回憶那些年
我們一直在一起

彷彿你曾經想過
你是某一種
　　　老師

那愚蠢的想法是何時
　　　生根的？
當你沒有其他方式
　　　觸及她？

***

鐘樓　2005 年 11 月 1 日

我只是回來說再會
真的，真的，我們贏了
屍體堆得像浪一樣高
這不怎麼有趣

幾乎每天都在下雨
我們為了陽光來到這裡
我們有洛杉磯大地震
這不怎麼有趣

***

2005 年 11 月 6 日

我絕不居次
但從未最好
我老了還破產
所以我不能休息

你可以說是幸運
不論好或壞

但你不放棄
當你的心死了

它就是要把你搞瘋
當你不再有錢
或青春
去賄賂裁判

***

多倫多 蘇活 地鐵 2006 年 4 月 8 日

你連綁鞋帶都不行
我看向別處
為你而哭

一隻老鼠
帶著兩根火柴棒
和一個瓶蓋
是為我而來的
鼓手

自己唱著

整個上午
自己唱著
關於凡妮莎

我（曾經）用力地吻了你
像我還年輕
而你多麼好心
假裝我還年輕

而永遠是那房間
那扇寬大的窗
沒有東西能超越它

沒有人在裡面

這故事已被寫定
它被簽署被緘封
你給我一支百合花
如今成了一片

我不知道發生了什麼
但誰又能預先猜到
你讓我們全愣在那裡
你離我們而去的那晚

你為何不告訴我
你非得離去
噢崇高的啟程
在沉默和哀傷中進行

***

2006 年 5 月 27 日

而依然和我一起
我親愛的朋友
他的嘴唇數十年
都不會變

我的安慰在
到來的薄暮中
雙手摸不到
但回憶一定能

我的安慰在
升起的薄暮中
雙手無法
所以回憶一定要

肉體不能做

197

回憶就一定要
軀殼的顫慄
在回憶的託管裡

甚至此地
甚至此時
我無法後悔
我不知如何後悔

嘴唇飲不了
所以回憶一定要

曾經你要活的意志
太強烈了
你斬斷它
它沒有意義
當生命打了個呵欠
背叛了你
你斬斷它
以免它繼續

我無法回頭
否則我會墜落

時間的巧妙詭計
將它整個翻轉

以免苦難（折磨）戴上
它的獰笑
以致身體撕裂
以致厭煩得勝

你砍除
腐爛的樹木
如所有細心的
園丁那樣

你保存你的話語
你深切的關懷

這冬天很冷
樹木燒不起來
你保存你的話語
你深切的關懷

去他媽的溪谷
去他媽的山丘
那裡無事可成
也無事將成

去他媽的床
我們躺在上面
那裡無一物曾經
撩起我的身體

寶貝你已離去很長一段時間
但每當我不安你就來到我身旁

然後你拿我的心靠著
　　　　你炙熱的嘴唇

然後你告訴我我的愛
　　　　已經通過考驗

你從未真的
　　　　痛打我
但時不時
　　　　你威脅我
你有六呎二
　　　　多
而我只有五呎
　　　　七

***

還要活一陣子
在我死去之前
在磁浮共振裡
非常平靜

今晚月亮圓滿
要是我們能看見
而這花園
　充滿花香
要是我們
　　聞得到

每次我試著說話
說出來就是錯的話
每件我試圖說的事
聽起來就只是相似的事

那就是你永遠地走了
且經由你自己親愛的手

***

當我向毒蛇學習
也對樹吟唱告解時
嘗遍每一隻手給的許多聖禮
到處尋找老師
裝模作樣堅持我有在聽
他們的日常佈道
因為它會顯露神祕之物
當所有人嗨茫時
只有我獨自佇立

那個女侍者來自紐芬蘭
她說她懂海
我帶她走上一段寂寞旅程
直到她甩掉我

噢親愛的，你在等待
某人的小孩
他曾一度自由
但他此刻狂野

而如今你正計畫
去追隨太陽
像鳥的一個影子
或一個奔走的騙子
你輕裝上路
為了你一定要游的海
你的思緒太深
你的微笑太過嚴峻

你打破了承諾
你在穀倉這麼說
當你徹夜擔憂
殺手們出生
而你父親一邊大笑
一邊倒酒給你
然後你關上各個大門
和盲人一起躺下

你打破了承諾
你咬著牙立誓
當你看見文字結束
照片哭泣
而沒有人怪你
當火車開走
載的貨物是雪
為了那些玻璃紙鎮

你打破了承諾
你說你會遵守的承諾
但這章節結束
那些畫像仍然哭泣

像暴風雨的聲音
在一個圓形紙鎮裡
而沒有人怪你
當火車開走
聲音如暴風雨
在一個圓形紙鎮裡

***

那首詩之後
安靜了一點
那些我想像
正等著我的人們
很快睡著了
瑪莉安在艾默爾街
忍受我的恨
直到它生鏽
還將我排名升高再升高
直到我視野寬到
　足夠去愛她

some call it
the sap
some call it
the blood

湖中的主人
造了一道朦朧瀑布
披在你雙肩上
然後你走向我
胸部柔軟如沙
又堅硬如蝸牛殼
交通的主人
讓你被那些水晶車頭燈
持續不斷地跟隨
然後你走向我
戴著汁液串成的珠
珠在你的輕吻裡
農場的主人
拴緊新生動物
在你的長腿邊
然後我們分開躺了好幾個世紀

在鹽鋪成的曠野裡

***

她帶來電話簿
黃色襯著她綠色的袖子
和白襯衫內的乳房
她站在門口
對工程師說話
在我們之中她最喜歡他
她走後他向後一靠
重新點燃墨西哥雪茄
談論伏特加混
牛奶
現在我的歌曲在大喇叭裡
它真實如一切
使你做夢的東西

你曾為了要一間更大的辦公室
而苦惱過嗎
你背叛過你的痛苦嗎
而正是它
將你帶到此地

帶到這個聖壇這個祭壇
這些慈悲的束縛
尋找你的路徑加入我們
等待公車
和那些死去的孩子一起
然後毫無希望只剩彼此的芬芳

***

我獨自坐在這裡
  在聖誕節日
我知道，我知道
  不該是這樣子

if, this
morning,
you even
dare to
speak

我一直打電話給某些人
但每個人都出門了
我一直對救世主禱告
這是重點所在

我不知道我是如何來到這麼遠
離開每個我愛的人
也不知道為何我關了這麼多扇門
當時我在想什麼

***

別走向我
帶著你的小聰明
別和我談論
這些花
的事
或任何其他城市
你的小聰明
傷了我的眼
我也不愛
你的橡皮軟管
手銬
或廚房椅

***

因為我在這人間
從來沒有做過更好的事
比起躺在乳香之田裡
和你一起

***

2012 年 3 月 4 日 [？] 星期一　崔梅恩 前草坪

寶貝，別提醒我它像什麼

唯一一件我曾在乎的事
不是錢
不是名
不是家庭
不是藝術

寶貝，別提醒我我錯失什麼
寶貝，別提醒我我錯失什麼
我才開了一千哩路逃離它

***

2012 年 4 月 8 日 前草坪 崔梅恩

搗蛋兄弟別鬧了
何時你才會停下
你偷了一堆錢
我想就這樣了

***

2012 年 5 月 22 日 崔梅恩 星期二下午

麻煩事緊跟著我
從床到床

我搭起了我的帳篷
那裡愛是引導
不管在哪裡
我睡和吃
麻煩事緊跟著我且（尾隨我）
從床到床

我搭起了我的帳篷
那裡愛是引導
麻煩事緊跟著
從床到床

我離開
當優美逃逸
優美已死
其餘皆死去
我太明白
摩西說過什麼
我禁止去碰
死去的屍體

優美已死
所剩皆死去
我試著去做
難做的事
從現身
到愛你

而愛上你
是敗筆一件
我的自我防衛
正膨脹

然後收買
你醜陋的貪婪
用每一件你需要的
該死事物

唯一不無聊的新聞是真相
但寶貝你從來不說它
唯一你不想買的東西是愛
但每個人都在賣

　　那隻優雅的銀筆
是用來顛倒地書寫
在太空中
　　在那裡我真的將會
無事可寫

May 22, 2012 Tremaine   Tuesday afternoon

the troubles followed me
from bed to bed

i pitched my tent
wher'ere love led

no matter where
I slept and fed
the troubles followed me e tailed me
from bed to bed

I pitched my tent
where'ere love led
the troubles followed
bed to bed

I moved away
when beauty fled
with beauty gone
the rest was dead
I knew too well
what Moses said
I must not touch
the body dead

with beauty gone
what's left is dead
I tried to do
what's hard to do
from showing up
to loving you

***

2002 年 7 月 10 日

所有的樹葉都在閃耀
所有的鳥都在歌唱
所有的風都在呼嘯
所有的鐘都在鳴響
請別叫我再多說一些了

我本想獨自前往但
我很高興我和你一起去了
那是一朵玫瑰
而那是一株仙人掌
它們都一樣
也都不一樣

***

我會試著回家
一旦我做完了必要之事
而是什麼事，請告訴我
請告訴我是什麼事

我忘了提到
月亮和樹
還有謀殺的血
它流過我們的靜脈

我忘了提到
金柱子
和地牢裡傳來的尖叫
被拔掉的指甲

我忘了提到
我心上那塊空白
沒有東西被寫下

而計畫崩解

我忘了提到
還沒鋪好的床
以及門把上那張卡片
寫著「請勿打擾」

我忘了提到
我頭上的皮
摺著掛著凌亂我的臉
像一張沒鋪好的床

你爬上你的梯子
謠言和謊話所造
你（奴隸般）工作為了主人
你宣稱你鄙視

而你向主人揮手致意

你從不磨亮
你的天才以使
內涵保存為
一顆粗樸的鑽石

我是一個懦夫一個失敗者
自慚形穢／我被發到的牌
我的睪丸如此巨大
我扣不起我的腰帶

我（發誓）奮力要完成
在為時已晚之前
這來自神的什麼任務
我甚至不知它在何處

我似乎無法知道它在何處

這不會過去
跪下來吧
然後祈禱不會有神
打你的屁股

我悲嘆（炫耀）又抱怨
我被發到的牌
而我的睪丸如此巨大
我扣不起我的腰帶

無法照鏡子
我羞愧到燃燒

但我仍然愛炫耀
我是這比賽的領先者

我厭倦女人
我不信任男人

我會試著回家
一旦這事完成
這偉大任務
我甚至不知它在何處

我會試著完成它
假如為時未晚
這任務這神聖化的任務
我甚至不知它在何處
我不知在何處

你捐出了工廠
然後你把我的工作送人了
你說這是為了未來（更好）
然後你說幫幫我吧神
你說有一天我會感謝你
從未給任何人添麻煩

但我怕麻煩將要開始了

你捐出了未來
你說我必須等
這是為了一個更好的未來
但這個未來好像有點晚了

我看你並不信我
不論我
　　做了什麼
我的手放在
　　我母親的墳上
但那對你而言
　　還不夠好

我試過了
我現在不知道為何
我當時不在乎為何

放風箏
沒有風也沒有線
比「沒什麼可失去」更糟
沒有精力去絕望
沒有心去悲傷
我在風中努力
我在沙中努力
人們變成蛇
就在我眼前
我試了去恨
我試了去原諒
我試過了寶貝
我試了去活

我試了去死
我試了去活

***

噢
哥本哈根
哥本哈根
2012 年
　　八月 24 日
510 號房
第一旅社

那紅屋頂
被雨淋暗
永恆的一場
冷的開端

***

戰場指揮官柯恩負傷
　歸咎於歲月或愛
他謝爾曼坦克的炮台
　染血而溼滑
他這個偽裝成僧侶
　的百人迷
正在向一群蒼蠅
　討一杯水喝

我是那首歌而不是那個歌手
取走他的身體
取走他的靈魂

不要邊緣
只要中心

省省你的憤怒，天使們
那些日子很快就要來了
那時地球將會是
　　　一面鏡子
太陽將會是蜘蛛網

月亮將會是一隻
　　　　蜘蛛
　　正在靠近

叫他狄倫
叫他耶穌
叫他洛克斐勒先生
我想要觸及人們
大師沒有觸及的人們

***

或許明天會更好
旗幟將再次被升起
為了女人的姐妹會
和男人的兄弟會

***

就去呼吸那空氣
啜飲那稀有的
我們的甘露，一起

給你一些東西
你或許會邊讀
邊走也或許永遠不會

***

所有的燈
所有被大海打破的河
　　　　之燈
所有不押韻的飢餓的想法

***

看著我我全然孤獨

我不是任何人的傻子
我是沒有人的傻子

而比經驗更深刻的
我曾感受到一個女人出現眼前
不像任何一個我離開的
或任何一個我想像過的

***

我發誓我會真誠
對待我穿上的制服
對待我敬禮的這面旗
以及我發誓的這些承諾
我會努力履行職責
就像以往一樣
但我不能抱你，寶貝
再也不能緊靠我心

我知道不是我們就是他們
在這個人們稱之現實的世界
一朵花需要一根莖
你不能種植這些金色的花
假如你沒那些鋼莖
即使那條莖是鋼莖
不能責備你殘忍
當殺手已在門口
但我不能抱你，寶貝
再也不能緊靠我心

而此刻我正站在你的安全
與門口的殺手之間

***

我低下頭來
　心懷感激

214

向那些施予者
　他們施予那麼多
所以我可以寫
　我的日記

我思，故我在
同一位置——和
　〈瑪麗有隻小綿羊〉同一

***

腳踝深深浸入血池裡
你的叔叔終於大叫
「我不怎麼在乎那電影
但爆米花無可超越」

然後建立你渴望去
控制的恐怖

***

當我見過
　多麼簡單
那手就變成
　一隻爪
我開始明白
法學研究

***

有些人得到藍調
有些人沒有
有些人沒得到食物
這是真相
我沒說過它是新聞

我不能溜走

卻沒告訴你
說我死在希臘
被埋在那個
驢子栓在
橄欖樹的地方
我將永遠在那裡

致所有人
和我一道吃魚的你們
也卡嗒卡嗒敲我的眼鏡
也從未說一言半語
在我走之前
我想說句哈囉
來自這個陌生人他
曾在你們當中活過

***

出了這個夜晚
　樹群向前邁進
一隻孤獨的鳥
　拔高它的曲調
在這石灰（霧）色黎明

***

她的麵包非常甜
她自己烘烤
在海上方一座山丘的爐子裡
我建造的爐
它花了我好幾個月
在我和她同居的去年
當時我們沒做多少事
只是彼此靠近保持溫暖

我們注視不同的帆船
有錢人的窮人的

來自海灣的旅人
和來自直布羅陀的［？］
我們注視他們
然後從黎巴嫩來了一個煙圈

而我們沒做多少事
所以我們向每個人揮手

她從遙遠的地方打電話給我
就在前幾晚
她在一間私人俱樂部工作
而她不在意那種生活

她想講個三分鐘
在他們放一部無聲電影的時候
但我們都不忙
所以我們一直講到天亮

她問我是否在忙（快樂）
又問天氣如何
我們沒做多少事
所以我們一直講到天明

所以我們低語了半個夜晚

我沒做多少事
而天氣很棒
而天氣一直都很棒

她打電話給我
　　　　從遙遠的地方
就在前幾晚
她在一間
　　　　花花公子俱樂部工作
她不在意那種生活
她問我是否在忙
又問天氣如何

我告訴她我愛她
而天氣還真棒

她從遙遠的地方打電話給我
就在前幾晚
她在一間私人俱樂部工作
她不在意那種生活
她問我是否在忙（快樂）
又問天氣如何
我沒做多少事
她花了一整個星期的工錢只為了知道
天氣一直都很棒
且天氣一直都很棒

我知道你能愛我
只要你肯
沒錯我殺了你的兄弟
而我正瞄準你的眼睛
但這些只不過是
水車上的小水滴
為我省下你所有的精力
然後告訴我你感覺如何

你的歌都非常悲傷
我希望你將它們唱出來
你的詩都很長
我希望你把它們帶來
就放在我的桌上
我會讓你的名字在光中顯露
然後為你自己挑一個女孩，容我
推薦：穿緊身褲那女孩

***

起初你是個刮乾淨鬍子的傻子
現在你是個傻子留了一嘴鬍子

***

那些舊律法的意旨是什麼
為什麼它們要區別
什麼是清白
　　而什麼是邪惡

活生生的象徵
已經交給你們
所以你們能知道
何時你們能夠互相
　　　　靠近

我把這個寫在
邊界上

若有人堅持
滿月應該是
新的而新月
應該是滿的

我不談罪惡
只談意願和
好客以及克制
的智慧

***

你永遠不會了解
你不需要去了解
你本不該去了解
作為一個男人的意義
來感受這難以抑制的愛
來承受如此難堪
　　　　又如此艱鉅
來認知即使
用我死前最後一口氣

說我要你寶貝
　　　我要你
都還不夠

***

1989 年 8 月 21 日　巴迪山

我搭火車
但我沒那個膽
真的盯著任何
和我同車的人瞧
有窮人有富人
有黑人有白人
但我不知道哪個是哪個
在我的祕密生活中

再說我永遠不能
帶出一個小寶寶
從我的肚子到搖籃
所以要是有一場戰爭
所以要是有一場戰鬥
沒有 [更好的？] 景象
永久永遠地
再沒有什麼比
一個男人和一個女人在一起
　　　更好的了

***

美麗是在迦南的夜晚
你會住在我的心裡多久
　　　噢家園
睡吧我親愛的女孩
一個期盼著愛人的女孩
她躺在床上傾聽
　　　火車聲

在綠林蔭下
兩個男孩坐著，談著
一位少女，沒有其他事情
比這要緊

我換了住處
也換了鬼混的地方
從一區晃到另一區

那小沉默名叫
亞比煞

我母親的神聖雙手
正在縫補我的襯衫
來找我或讓我繼續等待
我都不在乎了

我已等了像有一個月
　我等得像個石頭

我在一片羽毛上等待
　我在暴風上等待

我已等得像一座山
　我已等得像扇門

我在橋上等待
　那些橋都被河流沖走

我等得像個新郎
　捧著別的男人的花

我等待你的美
　去送給雨

我站在外面（越過）我的眼淚（悲傷）

像雨中的雕像

我摺（起）我的心
　　然後用你的愛切開它
紙娃娃的一條線

我站在這裡
　　在刺眼的光裡
我不知能如何
我的赤裸

我站在這裡
　　在刺眼的光裡
我已經來到詩句的結尾
而我的赤裸哭喊著要你

哭喊得像酒鬼
　　要他的酒瓶

我站在這裡
　　在刺眼的光裡
而我不知能如何
我失去的
這刺眼的光

當我從你身邊走開

這刺眼的光
　　當你在夜晚被擱延

噢寶貝原諒我
　　我做的事
也原諒我說過的
　　我說的話

哭喊得像
一個被活埋的人

像一個聲音
來自死者的哭喊

原諒我對你做的事
原諒我說了什麼
我的心和我的靈魂
以及我的赤裸
哭喊著要被安慰
哭喊得像個
早已被活埋的人
哭喊得像一個聲音
發自死者

所以讓我們不要去撕碎過往

我們分享黑暗
從一開始

我是一個邪惡的混蛋

我在聖經的心中誕生
我知道那神聖的音階
我能賣給天使一對紙翅膀
我是一個邪惡的混蛋

決不為了所有在莫斯科的
　　　茉莉
決不為了所有在紐約的
　　　歌唱
決不為了所有在布魯明戴爾的
　　　破碎之心
決不為了所有在長島的
　　　電話
決不為了所有在伊斯坦堡的
　　　藍
決不為了所有在布魯明戴爾的

鞋子
決不為了所有在黎巴嫩的
　　破布

決不為了所有在聖母院的
　　蠟
決不為了所有在耶路撒冷的
　　書
決不為了所有在一個夏天的
　　刨冰

Beautiful are the nights in
        Canaan

How long will you live in
            my heart,
  O homeland

Sleep my darling girl

A girl is expecting her
                lover.
She lies in bed listening
        to the train

I change my dwelling
                places
and change my haunts and
wander from country to
country,

the little silence whose
    name is Abishag

My mother's holy hands
    are mending my shroud.

Under a greenwood tree
two boys are sitting, talking
about a maid, and nothing
else matters to them.

Come to me or leave me
                waiting
I don't care no more

I've waited like a month
    and I waited like a
                year

I've waited on a feather
    and I've waited on a stone

I've waited like a mountain
    and I've waited like a
                door

                                    up
                        I folded my heart
                            and I cut it with your love
                        a string of paper dolls

I've waited on the bridges
    till the piers washed
                away

I waited like a bridegroom
    with another man's bouquet

I waited for your beauty
        to be gentle as rain
            beyond   sorrow
I stood outside my tears
    like a statue in the rain

***

你站得高
你展現強悍
但我知道你感覺很糟
這很容易看出來
一個好女人的愛
是你從未有過的東西
因此我會憐憫今夜的男孩
我會幫你一個忙把它搞好
我會看著你被餵飽
我會將你放上床
然後我會使你瘋狂

***

我不知道你在注視誰
肯定是別人
我才在這裡一分鐘
然後我走向別處

我自言自語
我生活在（拜訪）這間診所
只是自言自語
我才在這裡一分鐘
然後我走向別處

別哭叫「主啊治癒我」
主破碎了
　　　治癒主
那麼來吧我的孩子們
　　　告解吧
當我們越多
主就越少

我就是不能再假裝
我是你親愛的男人

我就是不能再假裝
我真的在乎
要逗你微笑太困難了
而又太危險若讓你低盪

你有過愛
你有過性
你沒有東西可丟失
你有過死
　　在你內心深處
像一個根

你有過的物品
亂成一團
你沒有東西可選擇
你有過乳房
　　在你胸膛
你是個畜生

我從來不回去
我從來不回家
我等了整晚
等你回家
或某個像你的人
我觸摸不到的人

我不知道明天會如何
但我知道接下來會怎樣
我心碎了當我遇見你
我心碎了當我離開
我活著時做不到
但我愛你用我
　　　最後一口氣

我為治癒而來
你呢？
愛之神破碎了

恨之神也是

每一次我觸碰你
我的天噢我的天噢我的天

你讓我碰觸你的那晚
我以為我要死了

我不是很確定
我被允許在那兒
但我想這些規矩
有灰色地帶
所以如果被發現
我可以主張我的出現有理

有一張狹小的行軍床
緊靠那扇門
鋪著新床單
和一張薄毯
我鑽進被窩裡
開始專心聆聽
告解之聲
年輕的女子正向
她的治療師訴說

我不記得她說了些什麼
但她突然停下
並說：
「李歐納‧柯恩正在聽
我們說話」

夜晚正下著雨
而披薩一直不來

我為戰爭所困

我為和平所困
他們就不能想個別的嗎

***

我是宇宙的一個紀念物
那被婚戒圈住的妻子是一個紀念物
來自私密清晨泳池的最初下沉
當你下沉像一個
魚鉤穿過層層的
自愛之鏡

噢神啊改掉你的名字
在我心中
　　　但那些椅子
　　　曾經以稻草結成現在
　　　用黃紅塑膠
　　　編織
　　　那戶外錫桌的
　　　新藍頂
　　　新油漆！

不會是今天
我以那份篤定跪下

***

然後你以零號
把你的寶貝放到
候補名單上

幾個孤獨長夜
身旁是主的天使們
我把愛之書拋開

年輕的舞者
他們從未

想過死
而老一點的那些只好
再說一次謊
在一驕矜的臂彎裡
他從未
　想過死

我向外看著山坡
一片銀白寂靜
它的美被簽印在空中

然後夜晚偷偷變成
我們情感的形狀
整個世界在火中熔解
我到了，我終於抵達

***

像大衛俯身進
愛的黑暗中
我呼喊你的名字
然後我要求了斷
帶著心的重擔
帶著絕望的自尊
帶這份羞愧
非此心所能（承擔）

至絕望之域

像大衛俯身在
他全然絕望的床上
此刻我走向你
我呼喊你的名字
我要求了斷
帶著愛的黑暗
帶著心的重擔
帶這份羞愧

非此心所能承擔

像大衛俯身進
愛的黑暗中
此刻我呼喚你
（從）絕望之地
我呼叫你的名字
說我要求了斷
帶著心的重擔

像大衛俯身到
愛的黑暗中
以他塵土之國
以他絕望的王冠
以來自那夜的無望
以他沒有詞語的禱告

像大衛俯身進
絕望之域
以來自那夜的無望
以他沒有詞語的禱告
此刻他走向你
他呼叫你的名字
他要求了斷
帶著愛的黑暗
帶著心的重擔
帶著他的羞愧

來自戰場的兩邊
來自自由和愛

像大衛俯身到
愛的黑暗中
下面沒有河
上方也沒有光
而他哭喊你的名字
從絕望之地

為了心的重擔
（從他那又高）
（又重的鐵鍊）
他無法力挽之
因為羞愧（心）的重擔
它就在那裡，它就在那裡
（因為愛的黑暗）
因為這份羞愧
是他（此）心
所無法承擔

像大衛俯身進
愛的黑暗中
既無王國也無王冠
上面也沒有光
而他哭喊你的名字
從絕望之地
因為羞愧的重擔
是他所無法修補

而他哭喊你的名字
以無心的禱告
因為羞愧的重擔
在絕望之地

因為心的重擔
它就在那裡，它就在那裡
因為這份羞愧
是心所無法承擔

我是我那一代的
　　　　　　明燈
也是無線電
也是冰箱

下面沒有王國
上方沒有王冠

而他哭喊你的名字
從絕望之地
為了心的黑暗
是他所無法修補
超越任何轉圜
因為羞愧的重擔
它就在那裡，它就在那裡
因為那份心無法承擔的
羞愧

看他如何清醒
聽他如何言語
以及他試圖舉起手觸到神

這世界開始等候祢
我讓它深入我內在
像尚未被創造出的天使看到
永恆的缺席

這世界開始等候祢
我讓它深入我內在
一心渴望的只會是
永恆的缺席

像大衛俯身進
　羞愧的黑暗
此刻我走向你
我哭喊你的名字
以無望的今天
以無心的禱告

更新那名字
　　悲傷已將它忘記
再說一次
然後高舉萬物
更新那名字
然後叫你的歌手起立

然後一陣痛苦沉默嘲諷
所有思想的議會

我不想在這裡
再也不

然後沉默聚集
　　起來嘲諷
所有思想的議會

來這裡找到我

我無能哭喊
我沒有言詞
而在此地
從不被聽見

人類行為的失敗與腐爛
在思想的議會周圍
缺席

假裝站在這裡
像個男人
這裡沒有光
也沒有臉

假如我對你說話，假如我嘗試
一次一個字，一次一口氣；
假如我聆聽字與字之間
假如我慢慢地走
你會否走向這裡
你已為我的懷疑劈開一條路的
此處

假如我試著說出
我求你來這裡

235

我求你
用所有我能支配的醜陋
我獻上這頭痛
以及我的共犯夢幻女人們
我用我右眼裡的頭痛
求你
我用這隻選中我嘴唇去施肥的蒼蠅
求你
我用關於肥料和失業的有趣消息
求你

你在那裡保存了什麼，
你藏起了什麼
對這種黑暗那是如此
珍貴；如此重重守護，
被如此祕密地（抗拒地）握住，
一下祕密地，一下抗拒地
被握住；你強大的魔法，
你的重機械，對
你的戰略不辯自明的
鐵面具
　　你的勝利

你的勝利，你的
霸權，正在梳理
它自己在嘔吐盆裡
正在等待，等待直到
你說，現在

你的勝利創造物
被栓在將臨的
機會上，正在梳理
它自己在嘔吐
盆裡，等著噴出
等著直到他們轉動
他們的背，然後你說

現在！

被栓在你的祕密地點
以精神腐肉為生
他們等待被解放
我聽到他們歌唱
　　　　就在前幾天
在狂野的驚慌中
　　　傾瀉他們的心

他們的聲音因為
他們無法言說的什麼而甜美
這首歲月之歌在他們的
泥唇上

野獸自由漫步四處

來吧我的愛，我神聖的人
進來踏上我以渴望鋪成的地毯
寶貝，別傷心
這灰塵全是我造成的
那風還有那些傘
來自商店
旗子來自國家
但你的缺席來自
一場恐怖的睡眠
在一間巨大的博物館下面
進來這些蛆洞
　　　　以我的渴望造成

like David bent down
in the darkness of love
I call out your name
and I ask to be done
with this burden of heart
with this fire of despair
with this shame
that the heart cannot
                    bear

Like David bent down
to the darkness of his love
with his kingdom of dust
with his crown of despair
with no hope from the night
with no word for his prayer

Like David bent down
in the realms of despair
with no hope from the night
with no word for his prayer
he comes to you now
he calls on you now
he asks to be done
with his darkness of love
with his burden of heart
with his shame

to the realms of despair

Like David bent down
on the bed of all despair
I come to you now
I call out your name
I ask to be done
with this darkness of love
with this burden of heart
with this shame
that the heart cannot bear

Like David bent down
in the darkness of his love
I come to you now
from the realm of despair
from
I call out your name
& I ask to be done
with the burden of heart

from both sides of the battleground
for liberty from love

Like David bent down
to the darkness of his love
with no river below
and no light from above
and he cries out your name
from the place of despair
for the burden of heart
that he cannot repair
for the burden of shame
which is there, which is there,
for the shame
which his the heart   for the darkness
cannot bear   of love

***

我曾有一個計畫
　　我正要離開

遠遠離開每天的
　　失敗與壓力

***

1995 年 [？]
2011 年 5 月 2 日

巨大的變動
　　　要來了

我們絕不像蟻丘
我們不是一窩蜜蜂
看呀！那艘好船
　「自由意志」
她在巨大的海上顛簸著
　　　巨大的海

你永遠可以信賴
　　我
我將要下來
　　　慈悲這一邊

我將要下來
　　愛的這一邊

巨大的變動
　　　要來了

我要開始拚命地跑
　　遠離這大眾的恐懼

240

然後像一道鐘聲
　　　　藏在驚慌中

我要開始拚命地跑
　　　遠離這日常的
　　　　鐵達尼號
然後像一道鐘聲
　　　　藏在大眾的驚慌中

***

你的朋友們在哪呢
　　　　我親愛的
等等，他們即將穿過
我的朋友已回到那裡
　　　　跳舞
這就是我想看他們做的事

我想我聽到他們
　　　哭泣
就在那場雨之前
你也許已聽見他們
　　　　　哭泣
但他們又再一次跳起了舞

女士們穿著什麼
回到地板上
古老的禁忌服裝
是帝王一度穿的服裝

我們不能回去嗎親愛的
我已離開太久
為何你在曲中離去
留下我們跳舞

我想那支舞已結束
當所有的雨降下

然後你得死去我親愛的
在城的另一邊

我喜歡城的另一邊
它有完美的景色

***

在此書寫中
我們不看向窗外
我們不等待
那個瑞典女孩
走下通道
我們也不去想
她褪色的金臉龐
那是她的赤裸
我們不去推敲
他老舊的太陽衣
的卓越風采
以及起源

***

我正在和朗說話
那些女人就不見了
而男人們外出獵殺愛
我們正在北方巡迴演唱
我年輕時的歌
是最後一次。夠了就是夠了

親愛的恨
親愛的心碎的奧莉維亞
在席尼亞美拉索恩
吃著一顆蘋果
我那希臘古甕上的永恆形象
親愛的齊娜公主
我為了你剃頭

現在你寄給我印好的信
要我為你買一間修道院

親愛的災禍海爾格
你是我正午的中暑
稍晚那像狗的同伴
那留著分岔鬍的夏加
易燃的冰柱冷燭光
在你的臉頰上也在眼裡
空無一物在你我之間
除了此刻我正跪向你

我用我所有的錢
　　　做慈善
我把我所有的衣服
　　　給窮人
我追隨一位
　　　正拯救我的人
我本以為他
　　　非常勇敢純潔

我的名字是施洗者約翰
我有過榮光
　　　在河床上

你怎能離開我
你不准離開我
即使要自慰
即使要吃或祈禱
椅背上那件李維牌襯衫
那間漢諾威王
1878 年死於此的旅館
那首巴黎的詩
會在我八十歲時破碎我的心
你怎能離開我
你怎能拋下這工作
帶上一把小口徑左輪手槍

用它去恐嚇
你在紐約的生意夥伴
一個有錢人的心靈
你不准離開我

看看你自己
坐在木頭階梯上
在早上的陽光下
你穿著陳舊的白襯衫
來自用鈕扣解開褲襠的年代
那雙你和梅蕾蒂一起買的涼鞋
那時你和她住在墨西哥
燈芯絨褲變成工作褲
在油漆了兩個星期後

坐在木頭階梯上
在早上的陽光下
試著學會如何死

晚安，晚安你們這些邪惡之人
願你們終於安息
會有快樂的結局
完成所有血腥過往

這是 1972 年 7 月 20 日的夜晚

***

親愛的史帝夫

謝謝你幫助我
過街

上一個想幫我過街的傢伙
搞到他們只好削掉街角

既然我不願再解釋自身

我變成了石頭
既然我不再渴望任何人
我不孤單了

***

2002 年 6 月 19 日　致 V.R.

將不會是酒和玫瑰
從此刻到結束
但它將永不，它將永不
再次那麼黑暗

***

2002 年 5 月 10 日

你說我在說謊
你說那全都是我的詭計
但你從來什麼也不做
你的雙唇停不住
你一心想做的
只是輕鬆呼吸
　　在任何地方
　　獨自晃蕩
　　或跟別人一起
但只想輕鬆呼吸
是我曾一心想做的
　　這是事實
但現在我喘不過氣來了
因此我工作
否則我不會去工作
我只想四處躺
輕鬆呼吸

the boy
can't breathe

he can't even
go outside
it's the worst
attack of
breathless-
ness
in a long long
2/18/03　time

245

***

我把我的聲音放進你的生命裡
你可以不停地聽
你今晚可以
　　　在你車上聽

妮可我為你歌唱
你的臉龐在我歌裡
我知道什麼是美
月亮的詩句
在你嘴上
當我走進我的歌時

***

我從未得到那個我想要的女孩
你得到過嗎，傑克？

***

我從沒把你抱在臂彎裡
我從沒看著你上學
有時我想到你
我從未擁有的孩子
我不曾認識的孩子
有時我思念你
我的寶貝，噢我的寶貝
我憂鬱的搖籃曲
它迷失在大量的空虛中

我把手臂交叉在胸前
我迷失在空虛的溫床裡
而你在我體內迷失，你迷失得那麼深
使我搖動自身
　　然後我搖你入睡
我願意，孩子我真的願意
我的搖籃曲，我憂鬱的搖籃曲

它迷失在我體內，它迷失得那麼深
我交叉手臂
放在胸前
然後我唱歌讓你入睡
我願意，孩子我真的願意
我的搖籃曲，我憂鬱的搖籃曲

***

1988 年 11 月

某個
　我從不認識的人
我憂鬱的搖籃曲

而我將永遠不知道
我媽媽知道的事

***

而所有我勇敢的同伴們
　　　他們在哪兒？
為女人們工作
　　　在傷心咖啡館——
難怪會有錢
　　　在王冠上
難怪有石油
　　　巴比倫

停止吧
惡魔
停止吧
上帝
停止吧
犁頭
停止吧
劍

停止榮耀吧
停止壓迫吧
停止智慧（知識）吧
停止證明吧

***

1976 年 5 月 12 日
7715 伍德羅 · 威爾遜

快呀快呀
送耶路撒冷
給上帝

***

游泳俱樂部
3 月 10 日星期四，下午兩點半

今天我丟了我的工作
我升起太陽
開始一天的破曉
我是個非常特別的人
但我今天丟了工作

今天我丟了我的工作
我原本受僱於太陽
受僱在它的道路上引導它
我是那個非常特別的人
但我今天丟了工作

今天我丟了我的工作
我一直受雇於太陽
在他的道路上引導他
保持他的方向
我是那個非常特別的人

但我今天丟了工作

今晚我丟了我的工作
我一直受雇於月亮
把她的美擦得光亮
我每天下午都在工作
但今晚我丟了工作

***

現在你知道有多大了
那張痛苦之網一撒出去
圖博來的導師
或紐約來的拉比
都無法平息這升高的渴
來自孤單的喉嚨
在悲傷之巢後面
那個讓你活和死的人等著
他的陪伴甜如地獄
而強大更勝天堂

當你的手指彎到
無法抓住片片
拼圖玩具
你並不真的在乎
整張圖會是什麼
你也許聽見一首小小的
無用之歌
是已經放棄之人唱的

我已（曾）在這裡太久
但我已經越了界
但火車準時到站
而那份意志強大
因為不是我的

***

我已見證了許多大事件，其中一些很悲傷：孩子的出生，朋友的死亡，時間的中止以及中度的蠻荒。一股涼意順著我的脊椎下去又竄上來，每當我深思我如何被仁慈地放置進世界的迷宮裡。我的愛人陪著我，我年輕時的妻子，而在受苦的過程中，那是我們的命運，假使我記得將我自身傾向光的源頭，我就能知道我從未和我的新婚日迷散太遠。如它被許諾的，我已經繼承我敵人的城門，而我與他同懼，與他同喜，在那股橫掃世界不可抗拒的洪大潮流裡。

我支持一方
但我兩方都肯定
在這場戰爭裡
那不是我們快輸了的原因
我們沒有要輸了
但那是為何勝利如此緩慢
耐心是我們的武器
禱告是我們的戰略
而犧牲是我們對這個時代的
理解。
提起勇氣吧，你們這些還未被
召集的人
望向我們已經升起的
旗幟
然後走向我們
當你們庇護所的牆開始
承受不了淚水的重量而倒塌

又和你一起了，老朋友
又和你一起
此刻我們甜蜜相伴
此時雨也柔軟

回憶起華倫泰
為之相爭相吵的女人
她被遮蔽使我們看不見

她曾多麼美麗

但為何現在如此安靜
苦澀的認知在臉上
只因天色變暗
而我們不知道我們將去到何方

我們時常漫談漫步
在這樣的一個午後
有些東西會出現
但願是四月的月亮

我同意，事情在變糟
他們正把椅子堆高
決定生命高於敵人的祈禱
隨之而來的便是這個

有蟲子
在我分岔的頭髮裡
但我找不到牠們
與那些審查過我的人
意見相反
我知道牠們存在
牠們在灌木叢裡野餐
那裡一度是專注
和慾望靜止的所在

我感到可笑
穿著我的灰西裝
頂著我的油頭
一切打扮都是為了愛
然而所有的害蟲
聚集在我兩腿之間
爬上爬下的

（這已經進行

很長一段時間了
它驅使我禱告
我從沒想過我是隻動物
我從沒想過我有自由意志
現在我被這兩個現實釘住）

那支薩克斯風
確認了一種心情
那些女孩，為晚會盛裝
進進出出酒吧
而拉比們坐在我旁邊
想來一場愉快慵懶的談話

這是我的命運嗎
如此吸引人又無益於人
拉比有深度，但我的思想
更深，抓癢也幫不上忙

噢蟲的宿主，墮落的人們
被燒盡使他們免於
地獄之火焰
你活躍的穢物能避免（阻止）
墳墓的腐爛嗎

***

他說，我想
我知道你的故事
你愛上了
伊娃嘉娜
或某個像她的人
你寂寞得像
法蘭克辛納屈
或某個像他的人

現在中國已經
掉出天堂

和俄羅斯一起腐爛
在致死的洞裡
而馬克思自己
就只是個猶太做夢者
這點即便法國人
最後都承認

我把手肘
靠在車頂上
我再也不想開車了
我再也不想
對任何人
感覺如此糟
如我對你的感覺
我再也不想
我不想感覺到
每當我和你說話
　　我所感覺到的

我寧可死掉
像那朵玫瑰
被我丟在暖氣機上

***

你能看見它
在他們的臉上
你能感覺到它
在他們的步伐裡
它是物種的
變異
它是防衛的
變異

紐約市
到舊金山
波多黎各

安傑利諾
基本法則
伊斯蘭的水果
重金屬音樂

一點也不重
一點也不特別
就只是音樂
就只是人

有蓋的馬車
在一個圓圈裡
從莫斯科
到洛杉磯
別擔心
那些導彈
只要把它們
對向另一方

貝多芬
以及聖經和查克貝里
莎士比亞
還有米高梅集團
再會了
紐約市
再會了
伯利恆

***

我不需要
　午夜的承諾
我不需要
　結婚戒指
只要別問我
　我怎麼到這的
別問我

任何事

但假如你買給我
　一件黃色毛衣
我會愛你
　直到時間的盡頭

我不想要
　問吉普賽人
存了什麼
　在我的未來
我不想要
　問醫生
這些小藥丸
　用來治什麼病

我一直望向
　窗戶外邊
看著人們
　經過又經過
我一個問題
　也不問自己
我甚至不想
　知道原因

所有的店
　被歌曲塞滿
所有街道
　用金鋪成
當談及
　講述祕密
等他們老了
　我再告訴他們

我由衷希望
你沒有
變得相信了

if only
she hadn't

Saturday 1:40 am December 27, 2003

255

這只是因為
你跑掉又
背著我
結了婚，你
大概因此
有資格保留

我的捲尺

***

你一定已經聽到我這麼說的聲音
那聲音說我不再愛你了
我決不會假裝那聲音
我決不會這樣對你
閃亮的人啊
你早已跨出我的愛
你早已將臉轉向別人
我不夠堅強面對這個試驗
我別過臉去
我戴著鐵項圈
然後把鍊子交給任何人
但我從未假裝那些人是你
閃亮的人啊
你捧著我的靈魂像用你的雙手
包覆住一根火柴
我還以為我溫暖了你
閃亮的人啊
她用她的缺席給我上了一課

***

我要求買單
我玩得太開心了
好幾個老奶奶
在對我擠眉弄眼
我大概要做出後悔的事了

我們會被原諒
那些骯髒事
我們對彼此做的那些
因為我們
並不樂在其中

現在我們要離開啦
我們要離開啦
有好長一段時間了
然後我們想道晚安
我們想道晚安
我們想說再會了

我們有過一點點愛
我們有短暫的一點點愛
並不完整
但還是謝謝你了

謝謝你的仁慈
在野外
也謝謝你的仁慈
在房間內

馬兒跑掉了
但不能怪我們
當牠們
在銀色的飛奔中
變得如此美麗
這可不是我們的主意
至少不是我的

我想跟其他人在一起
現在我一直變老
我想做別的酒鬼
那已經放棄酒瓶的
我想盯著寂寞的男人們

他們還在和女人出去
我想看新娘婚紗
覆蓋亮片
這是我的夜中之夜
過往只是一場預演

為什麼你今晚這麼好看
我還以為你已經失去了鬥志
你的肩頭裸露
你的眼睛明亮
為什麼你今晚這麼好看

***

我注視這群人經過
我想知道
他們何時會卸下我的重擔
再次要我
因為我曾是王
在古老的領地裡
我無一人可統治
而我推翻痛苦

我的名字被隱匿
我的朋友獨居
我知道他們是誰
當他們打電話來
我們一句話都不說
我們只是透過電話線呼吸
而我們從不分辨
哪些是你的哪些是我的

***

給 丁基

你陪我去上學

你睡在我床下
你看著我手淫
帶著饒富興致的眼神
你保護我
免於敵人的寂寞攻勢
甚至在你老年歲月
每當我看到你的時候
你還是招呼我
你離開那間房子
死在雪地裡
在鄰居的門廊下
你走丟了
直到夏末
那時我出城去了
他們清掉了
你的屍體
我不相信他們
甚至今天
我喊停每一隻蘇格蘭獵犬
宣稱你回來了

***

屋子

它是我昔日婚姻的屋子
沒多少可說的
愛所禁忌的代價
慾望就得去付

坐在廚房裡
在那裡我時常被服務
被一個不能和我待在一起的人
我嘴裡說了再見

我昔日婚姻的屋子
我們是自傲的守護者

她驕傲於我不能成為的人
我驕傲於是她不可愛之人

坐在廚房裡
自言自語
這情形最近從飾物架下來
爬到我身上

而這是造來保持他強壯的
他是我的主人和信靠
而這是造來保持她自由的
免於一切家庭塵埃

***

真愛是兩人之間發生了這樣的事
他們不再需要了解彼此了

***

但你選擇了我
　一個青年少尉
　　在那座宮殿裡
一個非常次要的角色
　在那整體的
宇宙娛樂計畫裡

我燙好我的制服
　我的褲子和襯衫

我的槍套閃耀
　在月光下
我在植物園等待你來
夜晚園區上鎖
但我拿到了鑰匙
我等待你
在一排排的

夜來香旁

你無星光的眾多夜晚
　　你的口紅人生
你工作
像一個剪影

我只是一個小角色
　　在軍團裡

你無束縛的夜晚
　　你的香菸
月亮在後面
　　你的裝置剪影

上校想要你
　　如過去那位
　　　　內政部長

我只是一個小角色
　　　　在軍團裡
一個少尉
　　在宮殿守衛
我忘不了
　　那個寂寞的夏天
（還有那天空）和那個夜晚
星空如此燦爛

我無權
　去解釋或證明
人類的歷史
我沒有一席之地
　去發表聲明
我受教於耶穌會
　和古猶太議會
但沒人能向我解釋
那來自地下室的尖叫聲

阿道夫希特勒墨索里尼
史達林毛澤東
我並非生而為魔
但我曾夢想成為其一

我儘管得到許多的給予
但有某人我必須感謝
我們全被搶了
而狄倫就是那間銀行

那個帶頭的人
那帶頭的人
　　　是我永遠不會成為的人
他偷走我的女人
　　　在紐約
還有我的馬
　　　在田納西

***

書房　2003 年 5 月 24 日

還有多久
　　你要繼續假裝下去
有一些東西
　　你知道如何修理
你還要拍攝（編輯）多少數位化影像
　　那些無助的、老的死的還有生病的人
你會站起來被看見嗎
　　　被蘇丹、奴隸們、還有祕密警察
　　　何時你會站起來
然後被看見
何時你將會停止游泳
　　　在湖泊和污水道裡
為了硬幣潛入水中

何時你將會幫助某人脫困
那人無庸置疑
　　　　將被殺

何時你將會被指認
　　　　　被剝皮

被一個做夢者，他正渴望
　　　踢掉你的牙齒

還有多久你要繼續潛水
　　　為了那些下水道的零錢

***

真相減七個百分點

他只親了你的
　　　　臉頰
他只碰了你的手
你說什麼事也沒發生
那我會讓你的故事成立
這是一（非常？）大束的玫瑰
那個「什麼事也沒發生」送的
但我謝謝你對我
　　　　　說出了真相

真相減七個百分點

***

2002 年 2 月 19 日 法蘭克福機場

我想要祈禱
一天五次
　事實上我真的有
我想要活著

正如神有活過
　透過我和你
　事實上我真的有

***

2003 年 1 月 3 日 [？] 孟買

我們建了座小花園
在洛杉磯中央
這樣我們的心
　它們就不會堅硬

而我們的靈魂
　　　它們可以玩耍

***

安妮在火爐邊睡著了
在她手裡的是我的書
在她腋下的是我的刺。
我們愛這樣
　　"　　"　　"　　"
　　"　　"　　"　　"

為時超過一年，我敢說。

***

我過去是有個生活
　　那時的我是生活的中心
（所到之處 [？]）有許多我愛的人
也有許多我認識的女人

一個女侍叫我先生
然後她叫我李歐納
我喜歡邊緣，它好過
　　　　　中心

***

它一直等到今夜
被隱藏在淚水裡，還有（那些）我賦予過的
詩行，以及破碎的承諾
它相信，但我不信
它等待，但我已然放棄等待
它堅強，但我並不
其他一切我都已濫用揮霍殆盡
因為我無法對這份愛說謊
它召喚我，但我沒有勇氣
它命令我對你說
這些話：
我一輩子都在等你
我從未把自己給另一個人

你是我最初和最終的愛

***

我試著去抓住未來
我不知道它會走哪一條路
我有個充滿茴香酒（陽光）的胃
和一個純銀的鼻子
我的吉他非常安靜
有一首歌它喜歡告訴我
我的歌曲都像恆星
它們（只是）支配它們不強迫我
而我的愛是金黃色是古老的
我在海邊遇見她
她正把東西放在一起
而她需要一些些的我
回來這裡當你口渴了
她透過一朵浪花低語
然後她把我往下拉一千呎深
到我墳裡的助產士那

她在墳墓裡救了我們

有一首歌它需要告訴我
我的歌曲只是行星
它們支配，它們不強迫我
而我的愛是金黃色是古老的
我在海邊遇見她
她正把東西放在一起
而她需要一些些的我
回來這裡當你口渴了
她透過一朵浪花低語
然後她把我往下拉一千呎深
把我們縫入墳墓裡
我把手放在我們兩具屍體上
它是我找不到的那座橋
穿過剃刀和雛菊
到達我們丟在後方的誕生

***

2011 年 12 月 18 日　絕壁

我是一個活雕像
我為你而動
每當你給我
歐元兩毛五
我最親密的朋友
把我塗成青銅色
今晨稍早
當天色
　　　還暗時

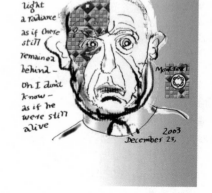

我是最好的
　　　活雕像
在德國
我創造一大筆財富
沒有人能靜止不動

如我
我盤旋在
　我青銅色身軀上方
像一隻鳥
在她的巢穴上方

這尊活雕像
　不理會讚美
　挑逗
　求婚的
　　提議

她是安全
　而美麗的
　　到永遠
甚至當我的朋友
扶我走下
　我的臺座
然後我們回家
然後我獨自
　淋浴

***

妮可是金髮的
狄倫在一個
　他自己掉下去的洞裡被找到
在那裡他展開了
那面許久沒人捍衛的明亮旗幟
　為了世界的緣故

***

我受夠了
我受夠和你一起
還有那小孩
還有那農場

Dec 18th 2011   Palisades

I am a living statue

I moved for you

when you gave me

a quarter euro

My closest friend

sprayed me bronze

early this morning

when it was
          still dark

I am the best
          living statue
in Germany

I make a fortune

No one is as still
          as I am

I hover over
          my bronze body

like a bird
above her nest

The living statue
    ignore the compliments
    the propositions
    the marriage
          proposals

She is safe
    and beautiful
          forever

even when my friend

helps me off
          my pedestal

and we go home

and I am alone
    in the shower

還有那工作
還有那場戰爭
還有那債務
還有那坨屎
我讀進
我的手掌中
而你做了什麼
與我的神
還有我的教堂
還有我的車
還有我的老二
難道我應該要
　　　喜歡

用我他媽的膝蓋跪著生活

當然我不會
對任何人說這些
特別是（不會對）我的太太
特別是我的小孩
以及任何人
更大或更壯
或那老闆
或那個掌管我牙齒（心靈）的
虐待狂

而這一切看起來
如此平和
當你不再獵豔
或奉承
上帝
我勸你們都要
厭倦並且蒼老
還要無聊
暴躁又無聊

然後這聲音

被聽見了
比世界更深
你也許需要迷幻藥
來聽它，或大麻

千萬別為我而做
而我已完成（也許）
一百趟旅程
至少

***

然後我尋找我的愛人
當時我正努力讓我的婚姻（走下去）
從島嶼搬到城市又回來
當時我正努力讓我的婚姻走下去
但我無法找到我的愛人

而你逼我用一些話
像丈夫和妻子
穿越邊界去兌現一張支票
一些把我的孤獨武裝起來的話
去對抗我的日常生活

你寫你的詩
沒有得到讚賞
沒有為女人而設的獎項
沒有名聲之苦
甚至不為了詩人的頭銜
你曾在白紙上勞動嗎
光只是關於你的消息
就讓許多點唱機沉默

我宣告我想自由的高度意願
我刮鬍子時割到自己了

***

去告訴你的兄弟
家庭不再有了
去告訴你妹妹
她只不過是個妓女
去告訴主的天使們
上面沒有神
去告訴你渴望的心
沒有愛這種東西

我告訴我弟弟
　　　　我聽到的
他就開始哭泣
我告訴我妹妹，她說噓
寶寶在睡覺
我告訴主的天使們
他們用光覆蓋（刺瞎）我
我告訴我的心，我的心這樣說
今晚平靜地跟我一起

噢血肉凡夫，我的心這樣說
在我穿過夜晚的時候
為悲傷做好準備
也為甜蜜喜悅做好準備
來了一波苦難
讓我幾乎站不好
你必須獻出你的悲傷
放在喜悅的祭壇上
而我流著淚走下來
來了一股黑暗的冷漠
這似乎持續了好幾年
來了一個沒有東西生長的春天
來了一個沒有陽光的夏日
沒有水晶在雪地裡
沒有收穫留給任何人

沒有水晶在雪地裡

春天裡沒有芬芳
沒有裸舞著的夏日
沒有秋收
我想哭，（我的眼睛被黏合）沒有淚水
我想笑，沒有可嘲笑的對象
我想跑，沒有路
我想死，我沒出生
我插起一塊肉
屠宰場掛著的
我為了女人的觸摸奮鬥

我插起一塊肉
在一個（貧瘠的）星球上吃
我為了女人的觸摸奮鬥
為了慰藉（一些安慰）在這屠宰場奮鬥

她的（我們的）陪伴無聊了
她的（我們的）擁抱帶來刺痛幻覺
消磨掉了那些
掛在臉和臉之間的輪廓
噢讓它結束，噢安慰我
現在

讓我現在就投降吧
噢說清楚你禁止什麼
你又允許什麼

我們的陪伴無聊了
我們的擁抱帶來幻覺
就是那些鉤子
　　　　鉤著我們
臉對臉懸吊著

許多次我哀求我的心
讓我現在就投降吧
我會放下你禁止的
我會拿走你允許的

然後空中就有笑聲
你無法投降，沒有戰爭
你輸不了，沒有比賽

以免我淪為猶大的羔羊
以及引導你走向刀子
這不是一則寓言
是一個人的人生
那人說了這個故事
他坐在一張躺椅上
想知道要去何處又如何能
從這裡到那裡

他說這些如一個警告
對（盲目的）年輕耳朵而言
有美的臭味
飄在（那）真理殘骸之上

但現在夜晚快要結束了
好讓一個人傾聽他的心
　　　　為了這個心的傾聽者
那嬰兒哭著要他的嬰兒床（在嬰兒床裡唱著）
那對情侶分離
我妹妹加熱（一支）奶瓶
我弟弟發動車子
天使們打扮得像人
好跟著我們到處去
那嬰兒在嬰兒床裡唱著
那對情侶分離

但只有音樂有這種力量
所以就把你的頭放在這些故事上吧

我已經變老
用一百種方式
但我的心年輕

仍然玩耍
在愛的主題曲上
在死的主題曲上
噢它玩得多緊密
隨著我的氣息
它們升起又落下
隨著我的氣息
我兒子盪過來又盪回去
在鞦韆上
然後他戴上
結婚戒指
他從事偉大的
工作然後
我兒子再次
與我合而為一

在一位母親的子宮裡
我的女兒翻滾著
然後移動
孩子屬於她
然後史詩般的
使命召喚
那是所有子宮裡
最深的子宮

然後很多個痛苦的
夜晚過去了
死亡會贏
而愛會嘗試

然後很多個痛苦的
夜晚過去了
死亡一定贏
而愛必須嘗試
甜心
我的愛人拿掉（解開）
她的髮夾

274

許多甜美的祝福
修復
直到她
（我的愛人）鬆開
她的髮夾
許多甜美的祝福
修復
直到她解下
她的（假髮？）黑髮

***

此刻我不是你們的父親
但既然你們父親已死
我會講床邊故事
在你們上床之前

所以聚集到我身邊
但別坐得太近
你們坐得離我越近
你們就聽到越少

我的故事當中有一個
你們從未聽過
雖然我說過的一切都圍繞著它
像蘋果圍繞著果核

這故事在講一份愛
我對你們其中之一的愛
當時你既非種子也非孩子
而我也什麼都不是

這故事被禁止由我
或任何人說出來
但現在封蠟已碎
所以故事可以開始了

至於是誰禁止別人去說呢
這是一個你可能提出的問題
他就是那個厭惡裸體的人
然後要我們全都穿上衣服

***

他們遠遠比我超前
那些真正的作家
我曾一度讓自己跟上他們
和女人及富人逗留了一陣
然後問題就產生了
我就落後了

失去一切只剩下原有的不安
這是我第四天
沒有菸或咖啡
我的目光放在釋迦牟尼和方濟各身上
一如昔日
放在福樓拜和威廉‧巴特勒‧葉慈身上
而我仍然有一種討厭的感覺
我將會改造世界

***

我知道你不相信我
這是為何你必得離去
你在找一處寧靜之地
而這裡不完全是

所以我會載你到車站
把你放在火車上
有一列會沉入海洋裡
有一列會停靠緬因州

我曾經像傻子般漫遊
我時值中年

但後來我和你安頓下來
當時「安頓下來」正流行

我很高興你留下了那張照片
我和你在哈佛的身影
你沒有真的留下它
但我從垃圾堆裡釣出它

***

1985 年 8 月

他們把我帶到聖地
然後爬上悲傷之牆
我說，這些石頭是沙做成的
明天它們就不會在這裡了

他們（帶我）到聖母峰
然後他們指向山頂
我說我很感動
但它只不過是另一個極限

***

我看到你在舞池裡
秀給大家看
你如何超越你的悲傷
現在沒人可傷你

愛只好在
你從戰場回來的時候

愛只好在
你剛從戰場回來的時候

我是真理的奴隸
雖然這不是我計畫好的

響徹整夜的
是每一種生物的哭聲
而他們哭
　　噢他們哭啊
只有月亮
以它模糊的人形
能升起
　　在它徹夜哭泣的
上方

如果我能說
如果這時光只夠
如果我能哭出來
我想哭它個一條河
然後我會乘著船，我將會乘著船
穿過這個夜晚

***

讓它簡單點吧寶貝
無法再通過另一個測驗了
就把你的毯子鋪在沙上吧
讓我倆都可休息

他們在地鐵站叫住我
我沒有車
讓它簡單點吧寶貝
這整個變得太困難了

讓它簡單點吧寶貝
放我的靈魂去休息
我甚至會說我愛你
如果這不是某種測驗

讓它簡單點吧寶貝
別讓可憐的男孩苦等

那些若有似無的
　　若有似無的邀請
它們常常來得太遲了

假如我有個天賦的心靈
假如我有片天賦的舌頭
我依舊會抱怨呻吟
說我擁有得不夠多
說我感冒了太多次
說我整晚一個人睡

假使我有深度
假使我很聰明
假使我能保有
主在視線內
假使我不須要求
假使我知道我人生的使命
假使我真有某種使命
假使我能獲得紫心勛章
在戰爭開打前

不要宣判
任何人死刑
在你喝完
你的咖啡之前

***

去過一種隱蔽的生活
一個寂寞的美國式婚姻
一首在排行榜上的歌
一棟在希臘的房子
最好的藥
友善四家好餐廳裡其中三家
餐廳的總管
時常捐助（電視報導裡的）

一個飢餓孩童
一種兼具模範優雅與人道精神的
隱蔽生活

一個素食主義者一個山達基信徒
一場最新的革命的贊助者
一種隱蔽的生活有著好幾位女士
和一位高度依賴的太太
不論我的隱蔽生活發生了什麼
不論我的哈里斯毛呢西裝
和長期在愛琴海曬黑的皮膚發生了什麼
不論我在英國文學選集裡的地位
發生了什麼
在這裡我們除了彼此沒有他人
然後催淚瓦斯飛過樹林

我們沒有家族徽章的到達此處了
我們帶著建立一座城市的計畫到達此處了
有殺手混入其中的我們到達此處了
當中有我們愛的人
有我們所依靠的人
殺手是我們沒人能信任的人
而為時已晚為時尚早
　如所有專家說的那樣
而我們全都是門外漢
　在做我們今日做的事

不論這個隱蔽的生活發生了什麼
詩人和歌手許諾了我

去過一種隱蔽的生活
像一個海盜帶著他的匕首

***

1969 年 3 月 巴黎

假如肯尼斯・科赫不是如此搞笑
　　他就必須帶一把槍了
因為他偷走男人們的老婆
更糟的是
　　　還把她們還回去
用完全拼湊出的老笑話
他試圖阻止我
查明特里・索澤恩前妻的行蹤
　　　但良心驅使他
在隔天打電話
並道歉
事實上是我打給他
而他只是順便道歉
不然我可能會等很久很久
等不到那通電話

***

遊記

那些（壯碩的）蒙特婁市民
巧妙閃過矮胖子的墜落
靠著爬過不只一面牆
或山丘或階梯或樓梯而已

國王的馬廄沒有馬
他的士兵也不在乎
那些壯碩的市民也不敢
以永恆的荒廢作為賭注

他們沒聽到我墜落
還摔壞了我整個凡夫之殼
骨製的長笛，精巧的長笛賣給
一個骷髏它咯咯響得像鈴鐺

***

致讓我發言的年輕人：
我不是聖人、拉比、禪師、古魯
我是壞榜樣。
致那些把我一生的作品定調為
廉價、膚淺、矯揉做作、無足輕重
有經驗的人們：
　　　　你們有所不知
　　　　你們有多正確

在妓女當中
我們有些人
想好好的做愛
而在（那些）這些人當中
有幾個
只是徒勞的做

我是一個妓女
一個毒蟲。
如果我的某些歌曲
在某個時刻
讓你好過點
請記住那個時刻。

***

我愛過你。我忌妒你。我認為我有
權利得到你的陪伴。當那個時刻來臨
我把它浪費在力量和誇耀的謊言上。
你美好的光已指引了我這麼久。
有時是螢火蟲的光，有時是一座火爐的光。

***

而當你知道也感受到的
　　那個考驗
真的昇華了堅持住了
我們會在那棟房子相聚

　　　　那棟房子是為了
我們所有寡居之神的配偶
　　　　　準備的

***

我看見她梳著她的黑色長髮
於是我嫉妒地愛上她
我為了她把我的生活裂解成二
她卻於我無益

她的（滿月形）乳房
　　　　尖端玫瑰紅
噢神啊我嫉妒地愛上了她
她燃燒我的心溫暖我的床
她並且於我無益

***

我們走去咖啡廳
在蒙特婁皇家山上
那裡有來自家鄉的唱片
我們投一些銅板點唱
那些誕生在陽光底下的歌曲

我們扭著一條手帕跳著舞
度過漫長的雪夜
一首歌能持續所有純美時光多久
我們就能回到那些島嶼多久

然後很快的他們關掉點唱機
只剩下我們其中五個

我們談完了政治話題
啤酒也滿到嗓子眼上
我們就唱得跟在島上唱歌一樣
那時我們會溯著月光照耀的階梯而上

283

如果你有辦法穿越那場暴雪看過去
你就會看見我們唇上的血

德梅特拉，別忘了我
別忘記你知道的
我會帶著錢回來
大約在十五年內吧

***

凱倫的美非常偉大
它躺在她的心上像一個紙鎮
她出沒在她的美的邊緣
像一個鬼魂在站哨
如果美是祖國
她住在最遠的海濱
她背對首都
讓朝聖者讚嘆多麼美麗
她聽到他們發出的欣喜聲響
但她無法轉身
愛人的歌和犧牲者的刑臺
他們在她背上緩慢攀爬
穿過她的美許多人爬行
像懺悔者跪在碎玻璃上
一旦進到裡面便沒有療法
因為心在門口已嚴重受損

試著找一個地方跪下
在痛苦的詩人之間
試著找一個世界感覺
好再次感覺像這個世界
我的愛人說她的愛是真的
那為何她還要抱怨

***

你談到要告訴我真相然後你威脅要塗滿我整本詩集。讓我們結束這場喋喋不休吧。

　　你表達了某種好奇關於你的某個姿態我的回應是會愛你或者殺了你。我既不是聖人也不是殺人兇手；我不愛也不去殺。我做愛而我會扯斷蒼蠅的翅膀。

***

再喝一杯吧
　　為了吧檯那些男孩
我會把我們的事都告訴你
　　但我不知道我們是誰

再哭一次吧
　　用那把踏板滑棒電吉他

為了那場我們輸掉的戰爭
為了那個我們想要的女孩
為了那個我們出賣的男人
整天在辦公室

為了那個來自大聯盟的球探
他從來沒有探到你
把他們叫起來，喬
　　像你為法蘭克・辛納屈做的那樣

***

1976 年 8 月 2 日

我偷了你妹妹為了一個失敗的小儀式
我偷了你的救星他的雙手被牢牢釘住
我偷了那彎新月它映射在海中
我偷了你的玫瑰你的青金石

我偷了銀製的子彈和你的槍
我偷了你許多的神，我偷了那個唯一的

我偷了那座塔有個女人倚靠著
我偷了你的愛人從她頭髮的階梯

我跨過那條理性的線

我偷了你的勝利聲明
和你脆弱的大屠殺

我偷了午夜特別節目從那堆垃圾裡
所以去睡覺，它永遠不會回來了
我偷了你的前妻，我得告訴她為什麼
你一直回來說再見

我跨過護城河、高壓電圍牆
我偷了你那些猶太人和吉普賽人他們因壕溝糾結在一起（糾結在
壕溝）
我偷了你的受害者［？］記憶你的大屠殺
我把你失去的一切都偷了

***

我已經活過好幾世了
而沒一個人跟隨我
我是昨夜的你
我也是將來的你

你追蹤到我的那刻
我就投降了
我託付給你一個裂痕滿佈的袋子
你知道那是你必須修補的

***

你來找我
你穿著寡婦裝
我問你正為誰服喪
你回答，那個以前的你

那個以前的你
我愛過你

我記得他

那時他不就住在
一座小島上
位於地中海
那裡有神的授權
可進入黑暗

阿斯圖里亞斯親王獎領獎致詞

2011 年 10 月 21 日

陛下、殿下、閣下、評審委員們、尊貴的獲獎者們、各位女士先生：

今晚十分榮幸，能站在你們面前。或許，像偉大的指揮家里卡多·穆蒂一樣，我並不習慣站在觀眾前，背後卻沒有管弦樂團，不過今晚我會竭盡所能做好一個獨奏者。

我昨夜整晚沒睡覺，思考我能對這些高貴的與會者說些什麼。在我吃完迷你吧裡所有的巧克力棒和花生後，我塗塗寫寫了一些字。現在我想我不必照稿念。顯而易見，我深深感動於獲得基金會的認可；但我今晚來到此地是想表達另一個層面的感激。我想我可以在三或四分鐘內講完，我會努力試試看。

當我在洛杉磯打包行李前來這裡時，我內心有股不安，因為我總是對頒獎給詩這件事感到有些不明所以。詩來自一個無人號令也無人征服的地方。所以，我有點覺得我像個冒名頂替者，為了一個我沒有號令的行動來領一個獎。換句話說，如果我知道好歌出自何方，我就會更常造訪。

我在被迫打包行李準備出發的煎熬中，打開了我的吉他。我有一把康第（Conde）吉他，它是西班牙製，由一間位於格拉維納街 7 號的偉大工坊所造。我在四十多年前得到這把美麗的樂器。我把它從吉他盒裡拿出來，舉起它。它似乎充滿了氦氣，如此輕。我將它拿近我的臉，我的臉靠近那設計精巧的玫瑰裝飾，然後我吸入了活木的香氣。你們知道，木頭是不死的。

我吸入的雪松木香氣，一如我得到這把吉他那天一樣清新。有個聲音似乎在對我說：「你已是個老頭而你還沒道謝，你還沒把你的感激之情帶回產生這股香氣的土地。」所以今晚我來到這裡，謝謝這塊土地，也謝謝這個民族的精神，你們給了我這麼多──因為我知道，如同身分證不代表一個人，一個榮譽級別也不代表一個國家。現在你們知道我和詩人佛多里柯·賈西亞·羅卡有深厚淵源。這樣說吧：當我還年輕，還是個青少年，我渴求一個聲音，我研究英國詩人而且對他們的作品都非常熟悉，我模仿他們

291

的風格，但我就是找不到一個聲音。直到我讀了——即使是翻譯版本的——羅卡的作品，我知道我找到一個聲音了。不是說我去複製他的聲音，我哪敢。而是他給了我一個許可，去找一個聲音，去定位一個聲音；也就是，去定位一個自我，一個不固定的自我，一個為了自身存在奮鬥的自我。

而隨著我漸漸變老，我瞭解了：有一些教誨伴隨這個聲音而來。那些教誨是什麼？那些教誨是，永遠不要隨便就說悲痛。還有假如一個人要去表達那等著我們所有人的，不可避免的大挫敗，也必須在以尊嚴和美麗嚴格劃定的範圍內，去完成。

所以我有了一個聲音，但我還沒有一個樂器。我還沒有一首歌。

現在我要非常簡短地告訴各位一個故事，我如何得到我的歌。

因為我曾經是一個不怎樣的吉他手。我擊打和弦。我只知道幾個和弦。那時我和我的大學朋友無所事事閒坐，喝酒唱民謠，或唱一些當時的流行歌；但我一千年來都沒有把自己當作一個音樂人或歌手。

六零年代早期的某一天，我去我母親位在蒙特婁的房子探望她。那棟房子在一個公園旁，公園裡有網球場，許多人去那邊觀賞年輕美麗的網球手打網球。我漫步回這個我孩童時就很熟悉的公園，那裡有一個年輕男子正在彈吉他。他彈著一把佛朗明哥吉他，有兩三個女孩男孩子圍著他聽他彈奏。我很愛他彈吉他的方式。他那種彈法有個什麼抓住了我。

那是我想要的彈奏方式，但也知道那是我怎樣都做不到的彈法。

於是我和其他聽眾一起坐在那裡一會兒，然後有一陣安靜，一個適時的安靜，我問他能否幫我上吉他課。他是個來自西班牙的年輕人，我們只能用我的破法語和他的破法語溝通。他不說英語。他願意幫我上吉他課。我指著我媽的房子，你從網球場就能看到；然後我們約了時間，談好學費。

第二天他到我母親家，他說：「你彈點什麼讓我聽聽。」我試著彈了點什麼。他說：「你不知道怎麼彈，對吧？」我說：「對，

我真的不知道該怎麼彈。」他說:「首先,讓我調一下你吉他的音,它整個走音了。」於是他拿了吉他,調了音。他說:「這把吉他還不壞。」它不是一把康第,但也不是爛吉他。然後他把吉他還我,「彈吧。」他說。

我沒有彈得比較好,一點也沒有。

他說:「我示範一些和弦給你看。」他拿起吉他,用那把吉他發出了一個我從來沒有聽過的聲音。接著他用顫音彈奏了一連串和弦,他說:「現在你試試看。」我說:「這怎麼可能?我辦不到。」「我把你的手指放在對的音品上。」他說,然後把我的手指放在那些音品上。「現在再彈看看。」一陣亂音。他說「我明天會再來。」到了隔天,他來了。他把我的雙手擺在吉他上,把吉他放在我兩腿間適當的位置,接著我重新開始練習那六個和弦——那為許許多多佛朗明哥歌曲打底的六和弦進行。

那天我彈得比較好一點。

第三天:進步了,有些進步了。現在我認識了這些和弦。而且我知道雖然我無法協調我的拇指和其他手指來產生出正確的顫音型式,我認識了這些和弦——在這個時間點,我非常、非常熟悉它們。第四天,他沒來。他沒有來。我有他在蒙特婁寄宿處的電話,我打電話去,想知道他為何錯過了我們的約定。他們告訴我他取走了自己的生命——他自殺了。我對這個男人一無所知。我不知道他來自西班牙哪一個地方。我不知道為何他來到蒙特婁。我不知道為何他在這裡停留。我不知道他為何出現在網球場。我不知道他為何要取走自己的生命。但當然,我非常悲傷。

現在我說出了這件我從未在公開場合說的事。是那六個和弦,是那些吉他型式——它們是我每首歌和所有我的音樂的根基。

所以現在你們將會開始明白我對這個國家的感激之情是如何難以測量。每一個你在我的作品裡發現的討喜元素都來自此地。

每一個、每一個你在我的歌裡在我的詩中發現的討喜元素都啟發於這塊土地。

所以,我非常感謝你們給予我的作品這麼溫暖的接納,因為它實際上是你們的,而且你們還允許我在頁尾簽署我的名字。

非常感謝你們,各位女士先生。

畫作、首行／標題索引

謝辭

李歐納沒有為《焰》提供謝辭，是一個小悲劇，因為執行這個任務的責任就落到我身上，而我是完全不適合這項任務的人。《渴望之書》的謝辭展示了李歐納多麼看重此頁。李歐納的謙遜是真誠的，而他的感激之情是確切無疑的。他肯定會擔心任何人覺得被忽略而傷感；儘管寫謝辭這項工作本身就有諸多侷限。話說回來，我會以簡樸作為寫這頁謝辭的指引。

李歐納會感謝羅伯特・法根的友誼和他在編輯工作上的努力，從李歐納龐大的稿件中進行繁長的彙編整理成《焰》一書。李歐納也會感謝亞歷珊德拉・普列索亞諾——他在 2010 年認識她——感謝她專精的學養，並且在這份稿件最終校對階段，對細節一絲不苟的全神投入。他也會感謝 McClelland and Stewart 出版社的 Jared Bland、Ileene Smith；Farrar, Straus & Giroux 出版社的 Jonathan Galassi；Canongate 出版社的 Francis Bickmore，感謝他們對本書的付出。還要感謝他的友人 Leon Wieseltier 審閱本書之定稿。他也會希望我感謝他的新經紀人 Andrew Wylie，他為本書及書後目錄所做的努力。

李歐納在他生命最後幾個月深深地感謝許多人，他們為他那生涯晚期非凡的復出盡心協力。在他那趟標誌性的巡迴演出期間，每晚他都會感謝他的樂團和每個成員，而他會要我再一次連名帶姓感謝你們每一個人。李歐納也深深的感謝所有的網路管理員支援他的作品通行全世界，他們是少數有特權可以拜訪後台的人。他在生涯最後八年，確實贏得了索尼音樂一份新的讚賞，他一定會要我感謝所有的執行董事，他們對他最後三張專輯給予的慷慨關注。他會要我特別致意 Rob Stringer、Shane Carter、Greg Linn、Caryn Hanlon，以及 JoAnn Kaeding。

在他最後三張專輯的每一張裡，李歐納已表達了對共同創作者的感謝。他會希望我提到並再次感謝，他的兒子 Adam——他製作了《你要它暗一點》——另兩張唱片《老想法》和《大眾問題》

302

的製作人和共同創作者 Patrick Leonard，以及另一位共同創作者 Sharon Robinson。

他會堅持我應該特別感謝 Michelle Rice——柯恩 2005 年以來的律師——他把李歐納從前經紀人的攻擊與瀆職風暴中解救出來。他會特別感謝 Michelle 快速有效的介入，阻止了他的前經紀人在 2016 年夏天新一波的遭擾，正值李歐納最需要平靜完成本書的時期。

最後，他會對他女兒 Lorca、他的兒子 Adam 及其伴侶 Jessica 表達深深的愛和感謝，他們對他的照顧和諒解，使他能夠擁有所需的獨居生活來完成此書，還有每回他們帶著他的孫子 Viva、Cassius 及 Lyon 來訪時，為他帶來的喜悅。他也會獻上一個特別的感謝給 Anjani。

——羅伯特 · 科里，2018 年 8 月
受託人，李歐納 · 柯恩家庭信託

焰：加拿大傳奇民謠詩人　李歐納‧柯恩最後的詩歌與手稿

THE FLAME: POEMS•AND SELECTIONS•FROM NOTEBOOKS

作　　　　者	李歐納‧柯恩 LEONARD COHEN
譯　　　　者	廖偉棠（詩）、王天寬（歌詞及筆記）
校　　　　對	廖偉棠
責 任 編 輯	賴曉玲

版　　　　權	黃淑敏、翁靜如、吳亭儀
行 銷 業 務	王瑜、周佑潔、華華
總 　 編 　 輯	徐藍萍
總 　 經 　 理	彭之琬
事業群總經理	黃淑貞
發 　 行 　 人	何飛鵬
法 律 顧 問	元禾法律事務所　王子文律師
出　　　　版	商周出版　台北市 104 民生東路二段 141 號 9 樓
	電話：(02) 25007008　傳真：(02)25007759
	E-mail：bwp.service@cite.com.tw
發　　　　行	英屬蓋曼群島商家庭傳媒股份有限公司城邦分公司
	台北市中山區民生東路二段 141 號 2 樓
	書虫客服服務專線：02-25007718　02-25007719
	24 小時傳真服務：02-25001990　02-25001991
	服務時間：週一至週五 9:30-12:00　13:30-17:00
	劃撥帳號：19863813　戶名：書虫股份有限公司
	讀者服務信箱 E-mail：service@readingclub.com.tw
香 港 發 行 所	城邦（香港）出版集團有限公司　香港灣仔駱克道 193 號東超商業中心 1 樓
	E-mail: hkcite@biznetvigator.com　電話：(852)25086231　傳真：(852)25789337
馬 新 發 行 所	城邦（馬新）出版集團 Cite (M) Sdn Bhd
	41, Jalan Radin Anum, Bandar Baru Sri Petaling, 57000 Kuala Lumpur, Malaysia.
	Tel: (603) 90578822　Fax: (603) 90576622　Email: cite@cite.com.my

封 面 設 計	張福海
印　　　　刷	卡樂製版印刷事業有限公司
總 　 經 　 銷	聯合發行股份有限公司　新北市 231 新店區寶橋路 235 巷 6 弄 6 號 2 樓
	電話：(02) 2917-8022　傳真：(02) 2911-0053

■ 2020 年 9 月 1 日初版　　　　城邦讀書花園　　　　Printed in Taiwan
www.cite.com.tw

定價 380 元

國家圖書館出版品預行編目 (CIP) 資料

焰：加拿大傳奇民謠詩人李歐納‧柯恩最後的詩歌與手
　稿 / 李歐納‧柯恩（Leonard Cohen）著；廖偉棠，王
　天寬譯. -- 初版. -- 臺北市：商周出版：家庭傳媒城
　邦分公司發行, 2020.09
　　面；　公分
　譯自：The Flame: Poems Notebooks Lyrics Drawings
　ISBN 978-986-477-902-4(平裝)

885.34　　　　　　　　　　　　　　　　109011839